해저
2
만
리

일러두기

- 이 책은 Jules Verne, 『*Vingt Mille Lieues Sous Les Mers*』(Project Gutenberg, 2004)를 참고했습니다.
- 이 책에서 '리'는 항해 거리의 단위인 해리를 일컬으며 1리는 약 4킬로미터를 가리킵니다.

Vingt Mille Lieues Sous Les Mers

해저 2만 리

쥘 베른 지음

살림

쥘 베른

프랑스의 사진가, 언론인, 풍자 만화가인 에티엔 카르자(Étienne Carjat)가 찍은 사진으로 1884년경의 모습이다.

쥘 베른과 베른 부인

쥘 베른은 1856년에 한 친구의 결혼식에 참석한다. 그곳에서 신부의 언니인 오노린 드비안을 보고 반하게 된다. 그녀는 두 명의 딸을 둔 미망인이었지만 상관하지 않고 청혼하여 다음 해에 결혼한다. 그들은 결혼 후 파리에 자리를 잡았고, 1861년에 그의 유일한 아들인 미셸 베른이 태어난다.

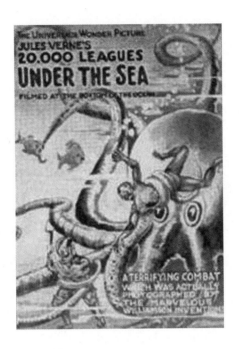

1916년 제작된 영화 〈해저 2만 리〉 포스터

스튜어트 페이턴(Stuart Paton)이 1916년에 영화 〈해저 2만 리〉를 제작했다. 『해저 2만 리』는 쥘 베른의 문학작품 중 가장 많이 영화화되었는데 이외에도 특수 효과의 신기원을 이룩한 디즈니 스튜디오의 〈해저 2만 리〉(1954), 로드 하디(Rod Hardy) 감독이 1997년에 제작한 〈해저 2만 리〉가 있다.

해저 2만 리 **차례**

제1장

1866년은 기이한 사건이 일어나 주목을 받았던 해다. 아무도 설명하지 않았고 설명할 수 없었던 현상이었으니 어느 누구도 잊지 않았으리라. 온갖 소문이 항구의 주민들을 동요시켰고 내륙에 사는 사람들을 자극했지만, 바다와 연관된 일을 하고 있는 사람들이 특히 흥분했다.

실제로 이미 얼마 전부터 많은 배들이 바다 위에서 뭔가 이상하고 거대한 물체를 만나고 있었다. 유선형의 긴 그 물체는 고래보다 거대했고 빨랐으며 때로는 빛을 발하고 있었다.

이 물체의 출현과 관련된 각종 항해일지의 기록들은, 이 물체 혹은 생명체가 어떻게 생겼는지 의견의 일치를 보이고 있었다. 또한 그 기록들은 한결같이 이 물체 혹은 생명체가 믿을 수 없을 만큼 빠르며, 탁월한 운동 능력을 지녔고, 뭔가 특별한 생명력을 지닌 것 같다고 증언하고 있었다. 만일 그것이 고래라면 이제까지 과학이 분류해놓은 그 어떤 고래보다도 몸집이 거대했다. 여러 관찰 기록들을 평균해보면 이 출현체의 크기는, 이제까지 인정할 수 있었던 그 어떤 동물의 크기보다도 훨씬 큰 것이 분명했다. 하지만 그것은 사람의 상상력이 지어낸 것이 아니라 실제로 존재하는 그 무엇이었다.

1866년 7월 20일, '거버너 히긴슨호'가 호주 동쪽 해상 8킬로미터 지역에서 이 움직이는 물체를 만났다. 같은 해 7월 23일, '크리스도발 콜롬브호' 역시 태평양에서 그 물체를 관찰할 수 있었다. 사흘 만에 약 700해리(약 2,800킬로미터) 정도 떨어진 거리에서 똑같은 물체가 나타났으니 그 이동 속도가 엄청나게 빠르다는 것을 알 수 있었다.

보름 후 그 물체는 그곳에서 2,000해리 정도 떨어진 곳에서 다시 목격되었다. 미국과 유럽 사이의 대서양을 반대 방향으로 오가고 있던 프랑스의 '엘베티아호'와 영국의 '섀넌호'가 북위 42도 15분, 서경 60도 35분 지점에서 이 괴물을 목격했다는 교신을 주고받았다. 두 배가 관찰한 사실을 종합해본 결과 이 괴물의 길이가 최소한 100미터는 넘는다는 사실을 확인할 수 있었다. 엘베티아호와 섀넌호의 선체 길이가 모두 100미터였는데, 그 괴물에 비하면 둘 다 형편없이 작아 보였던 것이다.

새로운 목격담과 새로운 보고서가 날아들 때마다 여론이 들끓었다. 경박한 기질을 가진 나라의 사람들은 이 현상을 농담거리로 삼았지만 영국이나 미국, 독일처럼 신중하고 실천적인 나라에서는 아주 심각한 문제가 되었다. 그런 나라의 대도시에서는 온통 그 괴물이 화제가 되었다. 카페에서는 괴물에 대한 노래를 불렀고, 신문에서는 괴물을 조롱했으며, 극장에서는 괴물이 무대에 등장했다. 또한 학계와 과학 잡지에서 이 괴물에 관한 논쟁이 그치지 않았고, 이 세상은 괴물의 존재를 믿는 사람과 괴물의 존재를 비웃으며 믿지 않는 사람, 둘로 갈라졌다. 괴물의 존재를 믿는 사람들은 한시라도 빨리 그 괴물을 퇴치하기 위해 힘을 모아야 한다고 역설했고, 반대편 사람들은 그들의 어리석음을 비웃었다. 그리고 시간이 흐름에 따라 여론은 차츰 후자 쪽으로 기울다가 1867년 초가 되었을 때는 괴물 문제가 완전히 땅속에 묻히는 것 같았다.

1867년 4월 13일, 영국의 유명한 해운회사인 큐나드 소속 '스코샤호'가, 서경 15노 12분, 북위 45도 37분 위치의 바다에 있었다. 날씨가 좋았으며 바람도 순조로웠다. 그 배는 1,000마력의 힘에 13.43노트의 속력으로 항해하고 있었다. 오후 4시 17분, 외륜의 약간 뒤쪽 배 허리 부분에 가벼운 충격이 왔다. 배가 무엇에 부딪힌 것이 아니라 무언가가 배를 건드린 것이다. 하지만 아주 경미한 충격이라서 석탄 공급 선원들이 갑판으로 뛰어오르면서 소리를 지르지 않았다면 배에 탄 사람들은 아무도 불안해하지 않았을 것이다.

"배가 침몰한다! 침몰이다!"

승객들은 겁에 질렸다. 하지만 앤더슨 선장이 곧 그들을 안심시켰다. 스코샤호는 방수격벽으로 일곱 칸으로 나뉘어 있었기에 아무 탈 없이 물길을 차단할 수 있었다.

앤더슨 선장은 곧바로 배를 멈추게 했고 손상 정도를 확인하기 위해 선원 한 명을 물속으로 들여보냈다. 얼마 후 선원은 선체 밑바닥에 지름 2미터 가량의 구멍이 뚫려 있다고 보고했다. 그렇게 큰 구멍을 막을 수는 없었다. 스코샤호는 외륜이 반쯤 물에 잠긴 채 항해를 계속해야 했고 예정보다 사흘 늦게 리버풀항에 입항할 수 있었다.

배가 선착장에 정박하자 기술자들이 배를 점검했다. 기술자들은 자신들의 눈을 의심하지 않을 수 없었다. 흘수선(물에 잠기는 선) 아래쪽 2.5미터 정도 되는 곳에 이등변 삼각형 모양의 구멍

제1장

11

이 뚫려 있었던 것이다. 잘려진 선은 제아무리 강한 절단기로 잘랐더라도 불가능할 정도로 너무 반듯했다. 선체에 이런 식으로 구멍을 뚫으려면 엄청난 강도를 지닌 도구가 필요할 것이다. 게다가 어마어마한 추진력으로 구멍을 뚫은 뒤에 다시 같은 힘으로 뒤로 물러나야 할 텐데, 어떻게 그렇게 움직일 수 있는지 도저히 설명이 불가능했다.

최근에 일어난 이 사고로 인해, 원인을 알 수 없던 해상 사고의 책임은 모두 그 정체불명의 괴물이 뒤집어쓰게 되었다. 게다가 해마다 상당수의 배들이 실종되어 승무원 전원의 행방을 알 수 없는 사정이었다. 사람들은 어서 그 괴물 고래를 퇴치해야 한다고 소리 높여 외쳤다.

당시 나는 미국 네브래스카주 황무지에 대한 과학적 탐사를 마치고 돌아오는 길이었다. 나는 파리 자연사 박물관의 교수 자격으로, 프랑스 정부 주관으로 행해진 이 탐사에 참여했었다. 나는 네브래스카에서 6개월을 지낸 뒤, 귀중한 자료들을 가지고 4월 말 뉴욕에 도착했었다. 나는 5월 초에 프랑스로 출발할 예정이었다. 내가 출발을 기다리면서 네브래스카에서 채집한 광물, 식물, 동물의 표본들을 분류하고 있을 때 스코샤호 사건이 일어난 것이다.

　나는 이 시사(時事) 문제에 대해 잘 알고 있었다. 내 어찌 모를 수 있었겠는가? 나는 미국과 유럽에서 발행되는 신문들을 읽고 또 읽어보았지만 도무지 오리무중이었다. 나는 이 신비스러운 문제에 호기심이 일었다. 하지만 자신만의 의견을 제대로 세우지 못한 채, 양 극단을 오락가락할 뿐이었다.

　사람들의 의견은 완전히 둘로 갈라져 있었다. 한쪽은 엄청난 힘을 가진 괴물이라는 가설을 지지했고, 다른 한쪽은 강력한 모터를 장착한 잠수함이라는 가설을 지지했다.

　하지만 나름대로 합리적 근거가 있어 보이는 두 번째 가설은 곧 난관에 봉착했다. 도대체 누가 그런 것을 만들 수 있단 말인가? 설사 그런 것을 만들 능력이 있다 하더라도 어떻게 그렇게 감쪽같이 비밀로 할 수 있단 말인가? 그리하여 대중 언론이 괴물설에 대해 끊임없이 조롱을 퍼부었는데도 불구하고 다시 괴물설이 표면으로 떠올랐다.

　내가 뉴욕에 도착했을 때 몇몇 사람들이 영광스럽게도 이 문제에 관한 내 견해를 물었다. 내가 프랑스에서 『해저의 신비』라는 제목의 두 권의 책을 출간한 바 있었기 때문이었다. 특히 학계에서 호평을 받은 그 책 덕분에 나는 박물학에서 비교적 미지의 분야에 속하는 그 방면의 전문가로 알려지게 되었던 것이다.

　사람들은 내 의견을 듣고 싶어했다. 내가 해양 전문가가 아니라고 발뺌을 하자 「뉴욕 헤럴드」지는 '경애하는 파리 박물관의 피에르 아로낙스 교수'에게, 어떤 식으로건 자신의 견해를 밝히라는 공개 요구를 하기에 이르렀다. 나는 할 수 없이 그 요청을 받아들였고 4월 30일자 신문에 내 견해를 발표했다. 다음 글은 내 발표문의 핵심 내용이다.

　　여러 가설들을 검토해본 결과 강력한 힘을 가진 해양 동물의 존재를 인정하지 않을 수 없다. 저 깊은 바다 밑은 아직 우리에게 미지의 영역이다. 그곳에서 어떤 일이 벌어지고 있는지 우리는 알지 못한다. 그곳에는 몸길이가 18미터에 달하는 일각고래보다 열 배나 힘이 세고 열 배나 큰 동물이 얼마든지 살고 있을 수 있다. 나는 추가 정보를 얻기 전까지는 그 문제의 괴물을 일단 일각고래의 일종으로 상정하고 싶다.

　내 글은 뜨거운 논쟁을 불러일으켰다. 하지만 사람들의 상상력을 자극하기에 충분했다. 인간의 정신은 초자연적인 존재를 즐겨 상상한다. 바다는 그런 상상을 자극하기에 안성맞춤이다. 사람들의 상상을 감당할 만한 거대한 짐승이 자랄 수 있는 곳은 바다뿐이다. 고래에 비하면 코끼리나 코뿔소는 얼마나 작은가? 그렇게 큰 고래가 살고 있는 곳이 바다라면, 길이가 100미터가 넘는 바닷가재와 무게가 200톤에 달하는 게가 살고 있지 말라는 법이 어디 있겠는가?

사람들은 자신의 상상 속에서 키운 거대한 괴물을 주저 없이 현실로 받아들였다. 그러나 그 괴물의 존재를 받아들인 사람들의 반응은 둘로 나뉘어졌다. 일부는 그것을 풀어야 할 일종의 자연과학적 문제로 받아들인 반면, 보다 적극적인 성향의 사람들은 항해의 안전을 확보하기 위해 그 무시무시한 괴물을 없애 버려야만 한다고 주장했다. 특히 미국과 영국에서는 후자의 의견에 동의하는 여론이 우세했고 언론도 그 여론을 이끌었다.

일단 방향이 정해지자 발 벗고 나선 것은 미국이었다. 돛이 셋 달린 쾌속 범선 '에이브러햄 링컨호'는 즉시 출항할 준비를 갖추었다. 패러것 함장에게는 어떤 무기든 가져갈 수 있는 권한이 부여되었고, 그는 적극적으로 에이브러햄 링컨호를 무장시켰다. 어디서든 괴물이 나타났다는 소식이 들려오기만 하면 곧장 출항할 예정이었다.

한 달 반 정도 지난 6월 3일 샌프란시스코와 상하이를 오가던 배가, 열흘 전 태평양에서 그 괴물을 만났다는 소식이 전해졌다. 패러컷 함장에게는 24시간 내로 출항하라는 명령이 떨어졌다.

에이브러햄 링컨호가 브루클린 부두를 떠나기 3시간 전에 나는 편지를 한 통 받았다.

뉴욕 5번가 호텔
파리 자연사 박물관 아로낙스 교수 귀하

귀하께서 에이브러햄 링컨호의 원정에 참여하시길 원한다면, 미국 정부는 귀하가 프랑스 대표로 이 원정에 참여하신 것으로 기꺼이 간주하겠습니다. 패러컷 함장이 귀하가 쓸 선실을 준비해놓고 있습니다.
경의를 표하며……

미 해군 장관
J.B. 홉슨

제2장

J.B. 홉슨의 편지를 받기 3초 전만 하더라도 나는 서북 항로로 나선다거나 일각고래 사냥에 나선다는 생각은 전혀 하지 않았다. 그런데 미 해군 장관의 영광스러운 편지를 받은 지 3초 만에 사람들을 불안하게 만드는 이 괴물을 추적해서 이 세상으로부터 퇴치하는 것이 나의 진정한 사명이며 내 삶의 유일한 목표임을 깨달았다. 나는 미국 정부의 제의를 두말없이 받아들였다.

나는 조급한 목소리로 "콩세유"라고 외쳤다. 콩세유는 내가 언제나 데리고 다니는 하인으로서 아주 헌신적인 젊은이였다. 플랑드르 출신의 그 젊은이를 나는 무척 좋아했고 그는 나를 아주 잘 섬겼다. 그는 천성적으로 침착한 성격이었으며 원칙에 충실했고 무슨 일이건 열과 성을 다했다. 그는 웬만한 일에는 별로 놀라지도 않았고, 솜씨가 아주 좋아서 어떤 일을 시켜도 어김없이 잘 해냈다. 그리고 '충고'라는 뜻의 이름과는 어울리지 않게 남이 청하지 않으면 절대로 자신의 의견을 먼저 내세우지 않았다. 파리의 식물원이라는 좁은 공간에서 학자들과 함께 지내면서 콩세유는 식물에 관해 어느 정도 지식을 갖추게 되었다. 특히 박물학 분야에서는 제법 전문가 냄새를 풍겨서, 문(門), 강(綱), 목(目), 과(科), 속(屬), 종(種)을 아주 능숙하게 분류할 줄 알았다. 하지만 그의 학문은 거기서 그쳤다. 그는 분류에는 정통했지만 실질적 지식은 갖추지 못했다. 나는 그가 향유고래와 일반 고래를 구별할 줄도 몰랐을 것이라고 확신한다.

그는 서른 살이었고, 주인인 나와 연령 대비 15대 20이었다. 내가 마흔 살이라는 것을 이런 식으로 밝히는 것을 용서해주기 바란다.

그런 콩세유에게도 한 가지 결점이 있었다. 그는 지독한 형식주의자여서 주인과 하인을 엄격히 구분한다는 뜻으로, 나를 반드시 삼인칭으로 부른다는 것이었다. 마치 신하가 왕에게 삼인칭을 사용하는 것과 같은 식이었다.

내가 다시 한 번 큰 소리로 그의 이름을 부르자 그가 방으로 들어오며 말했다.

"주인님께서 부르셨습니까?"

"그래. 준비를 해주게. 우리는 두 시간 뒤에 떠날 거야."

"주인님 좋으실 대로"라고 그가 조용하게 대답했다.

"있잖은가, 저 괴물을 없애러 에이브러햄 링컨호에 오르게
될 거야. 저, 일각고래 말이야. 우리는 그놈을 바다에서 없애버
릴 거야. 영광스러운 사명이지. 하지만 위험하기도 해. 어떻게
될지 아무도 몰라."

"주인님께서 하시는 대로 저도 하겠습니다" 하고 콩세유가
역시 침착하게 대답했다.

"잘 생각해봐. 자네에게는 어떤 일이건 숨기고 싶지 않아. 어
쩌면 영영 돌아올 수 없는 여행이 될지도 몰라."

"주인님 좋으실 대로."

15분 후, 트렁크가 준비되었다. 콩세유는 눈 깜짝할 새에 일
을 처리해버린 것이다. 나는 빠진 게 하나도 없으리라고 확신
했다. 이 젊은이는 마치 조류와 포유류를 분류하듯 아주 정확
하게 셔츠와 정복(正服)을 분류했음이 틀림없었기 때문이었다.

우리는 승강기를 타고 호텔 현관으로 내려왔다. 나는 카운터
에서 계산을 끝낸 뒤 콩세유와 함께 마차에 올랐다. 마차는 브루

클린을 향해 달렸고 얼마 뒤 우리는 에이브러햄 링컨호가 두 개의 굴뚝에서 연기를 내뿜고 있는 부두에 도착할 수 있었다.

우리의 트렁크는 곧 쾌속 범선 갑판 위로 운반되었고 서둘러 배 위에 오른 나는 패러것 함장을 찾았다. 한 수병이 나를 선미 갑판으로 안내했다. 잘생긴 장교 한 명이 내게 다가오더니 손을 내밀었다.

"피에르 아로낙스 교수님이시지요?"

"그렇습니다. 패러것 함장님이십니까?"

"맞습니다. 교수님, 잘 오셨습니다. 교수님 선실을 마련해놓았습니다."

나는 인사를 한 후 계속 출범 준비를 하고 있는 함장을 남겨둔 채, 내게 배정된 선실로 갔다.

"여기서 편하게 잘 지낼 수 있겠군" 하고 내가 콩세유에게 말했다.

"주인님께서는 쇠고둥 껍질 속에 들어간 집게처럼 편히 지내실 수 있겠습니다." 콩세유의 대답이었다.

이어서 함장의 입에서 소리 높여 "출항!"이라는 지시가 떨어졌다. 함장은 괴물이 목격되었다고 신고한 곳으로 한시라도 빨리 떠나고 싶어 안달이었다. 브루클린 부두와 뉴욕의 이스트

강변에는 호기심에 가득 찬 사람들로 인산인해를 이루고 있었다. 50만 명이 한마음으로 외치는 만세 삼창이 잇따라 터져 나왔다. 에이브러햄 링컨호가 허드슨강에 진수될 때까지 수천 장의 손수건이 나부꼈다. 이어서 쾌속 범선은 멋진 경관을 자랑하는 허드슨강 우안을 따라 요새들 사이를 지나갔고 요새들은 대포를 쏘아 올려 우리들의 장도를 환송해주었다.

저녁 8시가 되었을 무렵, 우리가 탄 쾌속 범선은 대서양의 검은 물결 위를 전속력으로 달리고 있었다.

패러것 함장은 그가 지휘하는 쾌속 범선에 걸맞은 아주 훌륭한 장교였다. 그와 그가 지휘하는 배는 일심동체였다. 그는 괴물의 존재에 대해 추호도 의심을 품지 않았다. 또한 괴물과 일전을 벌이겠다는 그의 의지는 너무나 확고해서 패러것 함장이 일각고래를 죽이거나 일각고래가 함장을 죽이거나 둘 중 하나였지, 그 중간 지대는 없었다.

배의 장교들도 선장과 같은 의견이었다. 배의 승무원들도 온통 일각고래를 만나서 작살로 맞춘 후, 갑판 위로 끌어올려 난도질하겠다는 생각에만 사로잡혀 있었다. 선원들은 면밀하게 주의를 기울여 바다를 살폈다.

한편 패러컷 함장은 그 누구든 고래를 발견하는 사람에게는 2,000달러의 포상금을 주겠다고 공언했다. 에이브러햄 링컨호는 마치 눈이 100개나 달린 신화 속 거인 '아르고스' 같았다. 나도 그 누구 못지않게 고래를 발견하려 혈안이 되어 있었음은 물론이다. 딱 한 사람 예외가 있었다면 바로 콩세유였다. 그는 우리들이 혈안이 되어 있는 일에 도통 무관심했고, 심지어 우리들의 열정에 약간의 찬물을 끼얹을 정도였다.

패러컷 함장은 거대한 고래를 잡는 데 필요한 모든 장비들을 공들여 마련해놓고 있었다. 손으로 던질 수 있는 작살을 비롯해서 사냥용 산탄총까지, 이제까지 세상에 알려진 무기란 무기는 다 준비해놓고 있었다. 게다가 갑판 앞쪽에는 최신형 대포까지 장착하고 있었다.

하지만 그 모든 것들보다 훨씬 훌륭한 무기가 하나 더 있었다. 바로 작살잡이의 왕, 네드 랜드였다. 캐나다인인 네드 랜드는 정말로 훌륭하게 작살을 다룰 줄 아는 사람으로서 이 위험한 직업에서 그와 어깨를 견줄 만한 사람은 아무도 없었다. 마흔 살 정도 된 그는, 훌쩍 큰 키에 체격이 건장했다. 그는 항상 심각한 표정을 짓고 있었으며 말수도 적었다. 때로는 난폭하기도 했으며 누군가 그에게 반대를 하면 몹시 화를 내기도 했다.

그 눈에서는 강렬한 힘이 뿜어져 나오고 있어, 그의 용모를 더욱 강인하게 만들었다. 한마디로 그는 배의 승무원 전체를 합친 것만큼의 값어치가 있는 인물이었다.

그가 캐나다인이라는 것은 곧 프랑스인이라는 말과도 같다. 따라서 그가 아무리 과묵한 사람이라도 내게는 어느 정도 다정했다는 것을 넌지시 말해야겠다. 내 국적이 그의 마음을 끌었던 것이 분명하다. 그로서는 나와 대화를 할 때가 캐나다 일부 지역에서 아직 통용되고 있는 고색창연한 불어를 말해볼 기회였고 내게도 그런 불어를 들을 수 있는 좋은 기회였다. 그의 가족은 퀘벡 출신이었으며, 그 지역이 아직 프랑스 영토였을 때 어업에 종사하기 시작했다.

나와 대화를 하면서 네드는 차츰차츰 말수가 늘었고 나는 그가 북극해에서 겪은 모험담을 즐겨 들었다. 그는 아주 자연스러운 시적 감흥을 섞어 고래와의 싸움에 대해 내게 이야기해주었고, 얼마 안 가 우리는 둘도 없는 친구가 되었다.

그렇다면 그는 일각고래에 대해 우리들과 같은 의견을 가지고 있었을까? 아니었다. 그는 에이브러햄 링컨호에서 일각수의 존재를 믿지 않는 유일한 사람이었다. 심지어 내가 그 화제를 입 밖에 올리면 그는 다른 곳으로 화제를 돌리기까지 했다.

내가 깊은 바다에서 수압을 견디고 살려면 거대한 몸집과 강철 같은 껍질이 필요하다고 과학 지식까지 동원해서 설명해도 막무가내였다. 그는 자신이 이제까지 상대해 온 고래들이 스코샤 호의 두꺼운 철판을 뚫을 수 있으리라고는 절대로 믿을 수 없다고 했다. 나는 더 이상 그를 설득하지 않았다. 말로 해결될 문제가 아니라, 우선은 고래를 만나고 볼 일이었기 때문이었다.

제3장

그 후로 얼마 동안 에이브러햄 링컨호는 별다른 사건 없이 항해를 계속했다. 범선은 엄청나게 빠른 속도로 아메리카 대륙의 남동 해안을 따라 내려왔다. 7월 3일 우리는 버진곳과 같은 위도의 마젤란 해협에 있었다. 패러것 함장은 이 구불구불한 해협을 지나가고 싶지 않아서 혼곳을 돌아가는 길을 택했다.

7월 6일 오후 3시경 에이브러햄 링컨호는 이 외딴 섬을 돌고 있었다. 그 섬은 아메리카 대륙 남단에 있는 황량한 바위였다. 배는 북서쪽으로 방향을 틀었고 다음 날 배의 스크루는 마침내 태평양의 물결을 때리고 있었다. 배가 태평양에 이르자 수병들은 서로 격려하며 빈틈없이 밤낮으로 바다를 살폈다.

나도 그들과 마찬가지로 열심히 망을 보았다. 식사도 하는 둥 마는 둥 해치우고 잠도 아껴 가면서 나는 갑판을 거의 떠나지 않았다. 이따금 변덕스러운 고래가 그 검은 등을 물결 위로 떠올릴 때면 나도 장교나 병사들과 마찬가지로 흥분했다. 그럴 때면 배 갑판은 금세 사람들로 메워졌으며 모두들 숨을 헐떡이고 눈빛을 빛내며, 파도를 헤치고 나아가는 고래를 바라보곤 했다. 나도 눈알이 빠져 장님이라도 될 것처럼 뚫어져라 고래를 바라보곤 했다. 그러면 곁에 있던 콩세유가 아주 조용히 내게 말하곤 했다.

"주인님께서 눈을 너무 크게 뜨시지만 않으신다면, 주인님께서는 더 잘 보실 수 있을 것입니다."

하지만 그런 흥분은 곧 가라앉곤 했다. 단순한 참고래나 향유고래에 불과한 녀석들이 우리들의 야유를 받으며 유유히 사라지곤 했던 것이다.

우리는 7월 20일 경에 서경 105도의 위치에서 남회귀선을 통과했고, 일주일 후에는 서경 110도에서 적도를 통과했다. 방위 측정이 끝나자 우리 배는 서쪽으로 확실한 방향을 잡고 태평양 한복판으로 향했다.

마침내 우리는 괴물이 마지막으로 노닐던 곳에 도착했다. 한마디로 잘라 말한다면 배 위에 있는 우리들은 더 이상 정상적으로 살아 있는 사람들이 아니었다. 배에 탄 사람들 모두가 과도한 신경 흥분 상태에 있었다. 아무도 더 이상 먹지 않았고 잠도 자지 않았다. 하루에도 스무 번씩 망루에 올라앉은 감시병이 착각을 하거나 실수를 했고, 그때마다 극도의 흥분에 빠졌던 사람들은 극도의 실망감을 맛보았다. 우리들은 모두 과민 반응 상태에 빠져 있었고 무슨 일이라도 벌어질 것만 같았다.

그렇게 하루하루가 한 세기처럼 길게 느껴지는 석 달이 지나갔다. 그 석 달 동안 에이브러햄 링컨호는 북태평양을 온통 다 누비고 다녔다. 고래가 나타나면 황급히 쫓아가고 갑자기 방향을 바꾸기도 하고, 후퇴하다가 다시 전진하기도 하고 지그재그로 나가다가 갑자기 멈추기도 하면서 우리 배는 일본 동해안과 미국 서해안 사이의 해역을 샅샅이 누비고 다녔다. 하지만 아무것도, 정말 아무것도 없었다. 오로지 황량한 물결만이 광활하게 펼쳐져 있을 뿐이었다.

드디어 반동이 일어났다. 처음에는 실망감이 사람들 마음을 사로잡더니 이윽고 불신의 틈을 벌려놓았다. 30퍼센트 정도의 수치심과 70퍼센트 정도의 분노가 뒤섞인 새로운 감정이 배 안에 형성되었다. 사람들은 헛된 망상에 사로잡혔던 자기 자신을 바보처럼 생각하기 시작했으며 그럴수록 더 화가 치밀었다. 그리고 이번 항해를 열렬히 지지했던 사람들이 가장 격렬한 비판자가 되었다.

이제 더 이상 이런 헛된 탐사를 계속할 수는 없었다. 탐사가 실패한 것은 결코 에이브러햄 링컨호의 잘못이 아니었다. 선장을 비롯해서 모두들 성공하기 위해 최선을 다했다. 이제 남은 길은 집으로 돌아가는 것뿐이었다. 수병들의 그런 뜻이 함장에게 전달되었다. 패러컷 함장은 흔들리지 않았다. 하지만 모든 것이 이전과는 달라졌다. 수병들은 툴툴거렸으며 근무 상태도 엉망이 되었다. 실제로 선상 반란이 일어난 것은 아니었지만 못 들은 척, 안 본 척할 수 있는 상황이 아니었다. 함장은 이전에 콜럼버스가 그랬듯이 사흘 만 더 참아달라고 했다. 사흘 후에도 괴물이 나타나지 않는다면 배는 항로를 바꿔 유럽 쪽 바다를 향하게 될 것이라고 선장은 약속했다.

함장이 부하들과 그런 약속을 한 날은 11월 2일이었다. 그 약속에 승무원들은 당장 용기를 되찾았다. 그들은 다시 기운을 차리고 바다를 열심히 살폈다.

하지만 아무런 소득도 없이 11월 4일 저녁이 되었다. 이튿날 정오면 약속한 날이 될 것이고 패러컷 함장은 남농쪽으로 기수를 돌리고 북태평양을 떠나라는 명령을 내려야만 할 판국이었다.

배는 동경 136도 42분, 북위 31도 15분 위치에 있었다. 일본 땅이 300킬로미터도 떨어지지 않은 곳에 있었다. 8시가 막 지나고 있었다.

그때 나는 배의 우현 난간에 몸을 기댄 채 앞으로 몸을 내밀고 있었다. 콩세유도 내 곁에서 전방을 응시하고 있었다. 승무원들은 돛대를 고정시키는 밧줄 위에 걸터앉아 점점 어둠 속으로 사라져가는 수평선을 바라보고 있었다.

주위가 점점 적막 속으로 빠져들고 있었다. 그때였다. 누군가의 외침 소리가 들렸다. 그렇다. 네드 랜드의 외침 소리였다. 그는 이렇게 소리치고 있었다.

"어이! 저기 있다! 저기, 바람이 불어오는 쪽에!"

그의 외침 소리를 듣고 모두가 이 작살잡이 쪽으로 황급히 달려갔다. 배를 멈추라는 명령이 떨어졌고 곧 쾌속 범선은 제자리에서 물 위를 떠돌았다.

사방은 칠흑같이 어두웠다. 아무리 네드의 눈이 좋더라도 이 어둠 속에서 무엇을 볼 수 있었다는 것인지 궁금했다. 어쨌든 내 심장은 쿵쿵 뛰고 있었다.

하지만 네드의 눈은 틀림없었다. 그가 손가락으로 가리키는 곳을 보니, 선체 우현 쪽 방향 약 350미터 정도 거리, 수면 밑에서 뭔가 빛을 발하고 있었다. 괴물이 물 밑 몇 길 아래 잠긴 채 강렬한 빛을 발하고 있었다.

"야광충 무리일 뿐이야!"라고 장교들 중 한 명이 소리쳤다.

"절대 아닙니다." 내가 자신 있게 대답했다.

"갈매기조개나 살파(바다의 플랑크톤의 하나로서 원삭 동물 일종 - 옮긴이)는 절대로 저런 강력한 빛을 내지 않아요. 저 빛은 틀림없이 전기로 내는 겁니다. 게다가 저길 보세요. 저기…… 움직이고 있잖아요. 저런, 우리 쪽을 향해 다가오고 있어요!"

배 안에 있던 사람들이 일제히 비명을 질렀다. 그러자 함장이 말했다.

"조용! 키를 풍향에 맞추어라! 기관 후진!"

명령은 곧 실행되었고 쾌속 범선은 발광체로부터 빠르게 멀어졌다. 아니다. 정확히 말하자면 멀어지려고 했다. 하지만 소용이 없었다. 그 초자연적인 괴물이 우리 배의 두 배 속도로 우리에게 다가오고 있었던 것이다.

우리는 모두 숨이 멎는 것 같았다. 두려움이라기보다는 놀라움 때문에 우리들은 말없이 꼼짝 않고 있었다. 괴물은 경쾌하게 우리를 따라 잡았다. 괴물은 함선 주변을 한 바퀴 빙 돌더니

3~4킬로미터쯤 우리로부터 멀어졌다. 그러더니 갑자기 속력을 내어 괴물은 무서운 속도로 에이브러햄 링컨호를 향해 돌진해 왔다. 모두들 겁에 질려 있는데 5~6미터 전방까지 다가온 괴물이 갑자기 멈추더니 불이 꺼져버렸다. 언제라도 괴물이 배에 충돌할 수 있을 것 같았고, 그 충돌은 치명적이 될 것이 뻔했다.

괴물을 공격할 임무를 띠고 출동한 우리 배는 계속 달아나기만 할 뿐 공격할 엄두도 내지 못했다. 함장은 괴물을 전기를 발생하는 거대한 일각고래로 생각하고 있었고, 그 괴물에 가까이 가는 것은 더 없이 위험하다고 생각하는 것이 분명했다. 어쨌든 승무원들은 모두 잠자리에 들 생각을 접고 전투태세를 갖추었다.

아무리 속력을 내보았자 일각고래보다 빨리 움직일 수 없다는 것이 확실해지자 배는 속력을 늦추었다. 그러자 일각고래도 속도를 늦추고 물결에 몸을 맡기고 있는 것처럼 보였다. 그런데 자정 무렵 고래가 사라졌다. 하지만 보다 정확히 말한다면 불빛이 사라졌을 뿐이었다. 12시 53분이 되었을 때 귀가 먹먹해질 정도로 요란한 쉭쉭 소리가 들려왔다. 괴물이 세찬 물줄기를 내뿜는 것 같았다.

모두들 동이 틀 때까지 경계를 서며 전투 준비를 했다. 포경

기구들이 뱃전을 따라 죽 배치되었다. 부함장은 작살을 1.6킬로미터 거리까지 발사할 수 있는 나팔총과 제아무리 힘센 동물이라도 치명적 상처를 입힐 수 있는 산탄총을 장전하게 했다. 네드 랜드는 자기 작살을 날카롭게 갈고 있었을 뿐이었지만, 그의 손에 들린 작살이 그중 가장 무시무시한 무기라고 하는 것이 옳았다.

6시가 되자 동이 트기 시작했다. 짙은 안개가 끼어 가시거리는 현저히 줄어들어 있었다. 8시쯤 되었을 때 네드가 어제처럼 소리쳤다.

"놈이 좌현 뒤쪽에!"

그곳, 배에서 2.5킬로미터 정도 떨어진 곳에 기다랗고 거무튀튀한 물체가 바다 물결 위로 1미터 정도 모습을 드러내고 있었다. 승무원들은 대장의 명령을 기다렸다. 함장은 괴물을 유심히 관찰하더니 기관장을 불러서 물었다.

"증기 압력은 충분한가?"

"네, 충분합니다."

"좋아, 화력을 올려. 전속력으로!"

이 명령에 승무원들이 만세 삼창으로 화답했다. 드디어 전투 개시 시간이 다가온 것이다. 곧이어 쾌속선의 두 개 굴뚝은 검은 연기를 토해냈고, 갑판은 기관실과 함께 진동을 시작했다. 에이브러햄 링컨호는 강력한 스크루의 힘에 의해 곧장 괴물을 향해 돌진했다. 괴물은 배가 100미터 정도 거리까지 접근할 때까지 물속으로 들어갈 생각도 않은 채 무심코 가만히 있었다. 그러더니 놈은 슬며시 몸을 움직여 여전히 같은 거리를 유지했다. 추적은 계속되었지만 배와 괴물 사이의 거리는 단 몇 미터도 줄어들지 않았다. 함장은 화가 나서 턱을 덮고 있는 무성한 수염을 비틀어 꼬고 있었다.

"기관사, 압력을 더 높여!"

엔진이 풀가동되었고 분당 43회전의 속력으로 돌아갔다. 하지만 배의 속력을 높이니 그 저주받은 괴물도 똑같이 속도를 높였다. 한 시간 동안 그런 식의 추적이 계속되었지만 배와 고래 간의 거리는 조금도 좁혀지지 않았다. 미국 해군에서 가장 빠른 속도를 자랑하고 있던 쾌속선으로서는 치욕스런 일이었다.

함장은 다시 기관사를 불렀다.

"압력을 최대한 올린 건가?"

"그렇습니다."

"지금 얼마인가?"

"6.5기압입니다."

"10기압까지 올려!"

그야말로 보기 드문 미국식 명령이었다.

나는 가까이 있던 선량한 내 하인에게 말했다.

"콩세유, 이러다가는 배가 폭발해버릴지도 몰라."

콩세유의 대답은 한결 같았다.

"주인님 좋으실 대로."

기관사는 명령을 따랐다. 기압계가 10기압을 가리켰다. 하지만 괴물도 '화력을 올린 게' 틀림없었다. 괴물은 별로 힘도 들이지 않고 같은 거리를 유지했던 것이다. 그러자 패러것 함장은 보다 직접적인 방법을 쓰기로 했다.

"그래, 저놈이 에이브러햄 링컨호보다 빨리 달린단 말이지! 좋아, 저놈이 대포 포탄보다 더 빨리 달릴 수 있는지 어디 보자!"

이물의 대포가 곧 장전되었고 포수가 조준 후 발사를 했다. 하지만 포탄은 괴물 등 위를 스쳐 지나갔을 뿐이었다.

함장이 노한 목소리로 소리쳤다.

"좀 더 정확한 포수는 없나? 저 빌어먹을 놈을 명중시키면 500달러를 주겠다."

회색 수염을 한 나이 든 포수가 포로 다가가더니 포를 괴물 쪽으로 돌리고 오랫동안 조준했다. 이어서 요란한 포성이 울렸다.

포탄은 괴물에 명중했다. 하지만 괴물을 맞힌 포탄은 둥근 등 위에서 그대로 미끄러지더니 그대로 바닷속으로 가라앉았다.

늙은 포수가 화가 나서 소리쳤다.

"제기랄! 무슨 놈의 고래 등이 철판으로 되어 있는 거야!"

다시 추적이 시작되었다. 모두들 그 동물이 지치기를 기대하고 있었다. 아무러면 동물이 먼저 지치지 배가 먼저 지치겠는가! 하지만 오산이었다. 놈은 몇 시간이 지나도록 끄떡도 없었다. 그날 에이브러햄 링컨호는 정말 최선을 다했다. 그 불운한 11월 6일 하루 동안 우리의 쾌속선은 무려 500킬로미터의 거리를 달렸던 것이다! 그리고 아무 소득 없이 밤이 찾아와 바다를 어둠에 감싸버렸다. 나는 우리의 탐험은 이제 끝이라고, 그 환상적 동물을 다시는 보지 못할 것이라고 생각했다.

그런데 밤 10시 50분, 바람이 불어오는 쪽 5킬로미터 떨어진 곳에 전기 불빛이 다시 나타났다. 괴물은 꼼짝도 하지 않고 있는 것 같았다. 낮 동안의 추적에 지쳐서 잠들어 있는 것일까? 패러것 함장은 놈을 공격할 좋은 기회라고 생각했다.

그의 명령에 따라 우리의 배는 놈을 깨우지 않도록 조심스럽게 가까이 접근했다. 네드 랜드는 뱃머리에 자리를 잡았다. 우리의 배는 소리 없이 동물로부터 약 30미터 가까이까지 접근했다. 갑판에는 깊은 정적이 흐르고 있었다. 네드 랜드는 한쪽 손으로 돛을 고정시키는 밧줄을 움켜쥔 채 다른 한 손에는 그의 무시무시한 작살을 들고 있었다. 이제 괴물과 배 사이의 거리는 약 6미터도 채 되지 않았다.

갑자기 네드의 팔이 힘차게 움직이더니 작살이 날아갔다. 이어서 그 딱딱한 몸집에 작살이 부딪치는 둔탁한 소리가 들렸다.

갑자기 전기 불빛이 꺼졌다. 이어서 두 줄기 거대한 물기둥이 갑판을 덮쳐 사람들을 쓰러뜨렸고, 밧줄을 끊고 갑판 위에 있던 부품들을 부셔버렸다.

내게 엄청난 충격이 왔고 나는 난간을 붙잡을 새도 없이, 바다 위로 내동댕이쳐졌다.

제4장

　나는 수영의 명수인 바이런이나 에드거 앨런 포만큼이라고
할 수는 없었지만 그래도 제법 수영을 잘했기에 공포에 사로
잡히지는 않았다. 처음에는 물속에 처박혔지만 발길질을 두 번
힘차게 하자 나는 표면으로 떠오를 수 있었다. 바다는 칠흑같
이 어두웠다. 내 눈에 동쪽으로 사라지는 검은 물체가 보였다.
쾌속 범선이었다. 나는 낭패감에 젖었다.

　"사람 살려! 사람 살려!" 나는 에이브러햄 링컨호를 향해 필
사적으로 헤엄을 치며 소리쳤다. 물에 젖은 옷이 내 몸에 달라
붙어 제대로 움직일 수가 없었다. 나는 물 밑으로 가라앉기 시
작했고 숨이 막혀왔다.

　"사람 살려!" 나는 마지막으로 온 힘을 다해 소리쳤다. 입안

에 물을 가득 머금은 채 나는 바닷속으로 가라앉으면서 온몸을 허우적거렸다.

순간 그 무언가 억센 손아귀가 내 옷을 잡는 것이 느껴졌고 나는 일순간에 물 위로 끌어올려졌다. 그리고 내 귀에 목소리가 들렸다.

"주인님께서 제 어깨에 기대시는 호의를 베풀어주신다면 주인님께서는 좀 더 쉽게 헤엄을 치실 수 있을 것입니다."

그렇다! 나의 충직한 하인 콩세유였다. 그는 그 와중에도 나를 3인칭으로 부르며 최대한의 경어를 사용했다. 나는 그의 팔을 움켜쥐었다.

"오, 자넨가! 정말 자네야?"

"그렇습니다. 주인님의 분부를 기다리고 있습니다."

"그럼 그때 자네도 충격 때문에 바다로 떨어진 건가?"

"아닙니다. 주인님을 모셔야 했기에 주인님을 따라온 겁니다."

이런 상황에서 당연히 해야 할 일을 한 것처럼 심드렁하게 말하다니!

"배는 어찌 되었나?"

"제가 뛰어내릴 때 조타수가 '스크루와 키가 부서졌다'고 소리치는 걸 들었습니다. 주인님께서는 그 배에 기대를 걸지 않으시는 게 좋을 것 같습니다."

그의 말에 실망했지만 그의 침착한 태도에 나는 기운을 얻어 힘차게 자맥질을 했다. 하지만 몸에 달라붙은 옷이 납덩이 같아서 물 위에 떠 있기가 아주 힘들었다. 콩세유가 그것을 알아차리고 내게 말했다.

"주인님의 옷을 찢어도 괜찮다고 허락해주시겠습니까?"

그는 내 옷 안으로 단도를 밀어 넣더니 위에서 아래로 재빨리 옷을 잘라냈다. 그가 신속하게 내 옷을 벗겨내는 동안 나는 그와 내가 둘 다 물 위에 떠 있을 수 있도록 열심히 손발을 놀렸다. 이어서 내가 콩세유에게 똑같이 해주었고 우리는 서로 바싹 붙어서 '항해'를 계속했다. 하지만 상황이 여전히 끔찍하긴 마찬가지였다. 에이브러햄 링컨호의 사람들은 우리가 이렇게 표류하고 있는 것을 모를 것이었고 설사 안다고 하더라도 키와 스크루가 파손되었으니 배를 돌려 우리에게 돌아올 수는 없을 것이었다. 그러니 우리가 기대를 걸 수 있는 것은 바다로 탈출한 쾌속 범선의 보트에 구조되는 길뿐이었다.

콩세유는 이런 상황을 아주 침착하게 내게 설명해주었다. 오오, 얼마나 놀라운 젊은이란 말인가!

우리는 둘 다 동시에 기진맥진해지지 않기 위해 힘을 나누기로 합의했다. 한 사람이 다리를 쭉 뻗고 양 팔을 모은 채 물 위에 누워 있으면 나머지 한 사람이 헤엄치며 그를 밀고 간다. 10분씩 이런 예인선 역을 번갈아 맡으면 우리는 몇 시간 동안 헤엄칠 수 있을 것이며, 어쩌면 동이 틀 때까지 버틸 수도 있을 것이다.

그런 식으로 버티며 새벽 1시쯤 되었을 때 나는 극심한 피로 감을 느꼈다. 사지에 극심한 경련이 와서 뻣뻣해졌다. 나는 가 망이 없다는 생각에 콩세유에게 나를 버려두고 혼자 가라고 했 다. 하지만 그는 결코 나를 혼자 두고 떠날 친구가 아니었다.

나는 어딘가를 향해 무작정 소리라도 질러보려 했으나 퉁퉁 불은 내 입술에서는 아무 소리도 나오지 않았다. 그래도 콩세 유는 몇 마디 말을 할 수가 있었다. "사람 살려! 사람 살려!"라 고 그가 몇 번 반복해 외치는 소리가 들렸다.

그때였다. 콩세유의 외침에 무언가 응답한 것만 같았다. 내 가 콩세유에게 속삭였다.

"자네도 저 소리 들었나?"

"네, 들었습니다."

그는 다시 허공을 향해 온 힘을 다해 소리를 질렀다.

이번에는 틀림없이 사람의 목소리가 그의 외침에 응답했다.

콩세유가 물 위에 누운 나를 밀고 그 목소리를 향해 다가갔다. 하지만 내 체력은 이미 한계에 달해 있었다. 손가락이 마비되어 나는 더 이상 물 위에 떠 있을 수 없었다. 나는 마지막 힘을 다해 고개를 들었다가 이윽고 물속으로 가라앉기 시작했다.

그 순간, 내 몸이 무언가 딱딱한 것에 부딪쳤다. 나는 거기 매달렸다. 이어서 누군가 나를 잡고 물 밖으로 끄집어내는 것을 느꼈고 나는 그 순간 정신을 잃었다. 하지만 나는 금세 정신을 되찾았다. 누군가 내 몸을 열심히 마사지해준 덕분이었다. 나는 눈을 떴다. 콩세유가 아닌 다른 사람의 얼굴이 나를 내려다보고 있었는데 나는 그를 곧바로 알아보았다.

"네드!" 나는 반가움에 소리를 질렀다.

"그렇습니다, 교수님. 상금 쫓는 고래잡이입니다."

"그럼 자네도 배가 충돌했을 때 바다로 내동댕이쳐진 모양이로군."

"맞습니다, 교수님. 하지만 교수님보다는 운이 좋았지요. 즉시 떠다니는 섬에 발을 디딜 수 있었으니까요."

"떠다니는 섬?"

"그렇습니다. 보다 정확히 말한다면 우리들이 쫓고 있던 그 거대한 일각고래 말입니다. 저는 왜 작살이 그 등을 꿰뚫지 못

제4장

41

하고 그대로 미끄러졌는지 알아냈습니다."

"그래, 왜 그런 건가? 도대체 왜?"

"그건 말입니다, 교수님, 그 짐승이 철판으로 되어 있기 때문입니다."

그렇다. 내가 지금 올라타고 있는 검은 등은 매끄럽고 윤기가 나고 있었다. 절대로 선사 시대 동물의 껍데기가 아니었다. 두드려보니까 금속성 소리가 났고 정말 믿을 수 없었지만 나사못으로 연결한 금속으로 이루어져 있었다.

더 이상 의심의 여지가 없었다. 온 세상을 떠들썩하게 만들었던 그 동물, 그 괴물은 정말로 놀라운 현상이었으니, 인간의 손으로 만들어낸 현상이었던 것이다! 우리는 강철로 만들어진 물고기 등에 누워 있었던 것이다. 그것은 신의 손으로 만들어진 신화적이고 환상적인 존재를 발견했을 때보다 더 놀라운 일이었다. 조물주라면 그 어떤 놀라운 생명체도 만들어낼 수 있을 것이고, 그렇기에 놀라움이 덜 할 수도 있었다. 하지만 인간의 손으로 만든 기적적으로 놀라운 물건이라니! 놀라움과 혼란에 빠질 수밖에 없었다.

이 이상한 배에는 도대체 누가 살고 있는 것일까? 도대체 무슨 기관으로 움직이기에 그렇게 엄청난 속도를 낼 수 있는 것일까?

　새벽 4시경 속도가 갑자기 빨라졌다. 배가 잠수라도 하면 우리는 그대로 끝장이었다. 우리는 철갑 위쪽에 박혀 있는 커다란 고리에 매달려 겨우 몸을 지탱하고 있었다.

　햇빛이 나타났다. 우리가 앉아 있는 물고기 등, 아니 선체의 표면이 또렷이 보였다. 선체 윗부분은 수평면을 이루고 있었다. 내가 그곳을 유심히 바라보고 있는 순간 배가 서서히 가라앉기 시작했다.

　"이런! 제기랄! 이놈들아, 빨리 문 열지 못해!"네드가 발을 구르며 소리쳤다.

　순간 배가 잠수를 멈추었다. 이어서 배 안에서 빗장을 거칠게 여는 소리가 들렸다. 철판이 들리더니 한 사내가 나타났다. 그 사내는 이상한 소리를 지르더니 곧장 안으로 사라졌다.

　얼마 후 표정이 없는 여덟 명의 건장한 사내들이 조용히 나타나 우리를 그 놀라운 기계 속으로 끌고 갔다.

제4장

제5장

　우리들은 주위를 둘러볼 시간조차 없이 전광석화처럼 빠르게 납치되었다. 나는 계단을 끌려 내려가면서 맨발바닥으로 쇠붙이 감촉을 느꼈다. 밝은 곳에서 갑자기 어두운 곳으로 들어왔기에 아무것도 보이지 않았다. 그들은 우리를 어디엔가 가두었고, 이어서 쾅 소리가 나며 문이 닫혔다.

　모든 것이 컴컴하기만 할 뿐 도대체 어디인지, 어떻게 생긴 곳인지 짐작조차 할 수 없었다. 성격이 불같은 네드 랜드는 사람을 이렇게 대접하는 법이 어디 있느냐며 길길이 날뛰며 화를 냈다. 그렇게 한 30분쯤 지났을까, 갑자기 환한 빛이 우리의 눈으로 쏟아져 들어왔다. 나는 본능적으로 눈을 감았다. 얼마 후 다시 눈을 떠보니 그 빛은 천장에 박힌 반구형 불투명 유리에서 나오고 있었다. 주위를 둘러보니 탁자 하나에 의자 다섯 개 외에는 아무것도 없었다.

불이 갑자기 켜진 것으로 보아 누군가가 나타나리라고 나는 생각했다. 내 예상은 틀리지 않았다. 곧 빗장을 푸는 소리가 들리더니 문이 열리고 두 명의 사내가 나타났다.

그중 한 명은 작은 키에 우람한 근육을 자랑하고 있었다. 어깨가 넓었으며 강인한 표정에 검고 숱이 많은 머리칼을 하고 있었고, 눈매가 날카로웠다.

다른 한 사람은 차분한 인상에 에너지가 넘치고 있었고 자부심과 용기에 가득 차 있는 사람이었다. 그의 그윽하면서도 강인한 시선은 그가 생각이 깊은 사람이라는 것을 보여주고 있었고 몸놀림과 표정이 일치하는 것으로 보아 더없이 솔직한 사람임에 틀림없었다. 그리고 그가 이 배의 우두머리라는 것을 어렵지 않게 짐작할 수 있었다.

그를 보자 나는 적이 마음이 놓였고 우리들의 대담이 잘 진행되리라는 예감이 들었다. 그는 한 마디 말도 없이 아주 조심스럽게 우리들을 살펴보았다. 그런 후 몸을 돌려 자신의 일행과 이야기를 나누었는데, 나는 한 마디도 알아들을 수 없는 언어였다. 소리가 낭랑하고 조화로운 음절로 된 언어였으며 음절

마다 아주 다양한 악센트가 가해지는 것 같았다. 키 작은 사람은 고갯짓으로 대답하면서 내게 눈빛으로 무언가 묻는 듯한 태도를 보였다.

나는 우리가 겪은 모험담을 프랑스어로 털어놓기 시작했다. 모든 음절들을 또박또박 정확하게 발음하면서 아주 사소한 것들까지 빼놓지 않고 모두 설명했다. 나는 내 이름과 신분을 밝힌 후 콩세유와 네드도 소개했다.

차분하고 온화한 눈을 한 남자는 내 말을 조용히, 심지어 공손하리만치 주의를 기울여 경청했다. 하지만 그가 내 이야기를 이해했다는 표정은 전혀 나타나지 않았다. 내가 이야기를 마친 후에도 그는 단 한 마디도 하지 않았다.

이제 영어를 써보는 방법이 남아 있었다. 이번에는 네드가 나섰다. 그는 내가 불어로 했던 이야기를 영어로 되풀이 한 후, 이렇게 우리를 감금하는 것은 불법 인권 유린이라고 으르렁거렸고, 배가 고파 죽겠다는 불평도 덧붙였다. 하지만 결과는 마찬가지였다.

이번에는 콩세유가 독일어로 말을 하겠다고 나섰다.

"뭐야! 자네가 독일어를 할 줄 알아?"라고 내가 콩세유에게 물었다.

"플랑드르 사람이니까요. 주인님께서 싫다고만 하지 않으신다면……."

싫다고 할 이유가 없었다. 하지만 소용이 없었다. 마지막으로 내가 짧은 라틴어 솜씨를 발휘해보았지만 마찬가지로 아무 소득이 없었다.

우리의 모든 시도가 실패로 끝나자 두 사람은 우리가 알아들을 수 없는 말을 몇 마디 나누더니 방에서 나갔다.

그들이 나가자 네드가 화가 나서 소리쳤다.

"저놈들은 악당이 틀림없어요! 저놈들은 우리를 이 쇠우리 속에 가둔 채 굶겨 죽일 거야."

"아니, 그보다는 어느 나라 출신인지가 궁금해"라고 내가 그를 진정시키며 말했다.

"악당들 나라 출신이겠지요."

"이보게, 네드. 지도에 그런 나라는 없어. 아무래도 남쪽 나라 태생인 것 같기는 한데……."

"그게 뭐가 중요합니까. 내가 입술을 빨면서 입술을 움직이면 배가 고파서 그러는 걸 뻔히 알 수 있을 텐데, 못 알아듣은 척하잖아요."

그가 그렇게 불평을 털어놓고 있을 때 문이 다시 열리더니

제5장

47

급사로 보이는 자가 한 명 나타났다. 그는 뱃사람들이 입는 저고리와 겉옷, 바지 등을 가져왔는데, 무슨 옷감으로 만들었는지는 알 수 없었다. 나는 급히 젖은 옷을 벗고 옷을 갈아입었으며 내 동료들도 나를 따라 했다.

그사이 급사가 탁자에 세 벌의 식기를 차려놓았다. 은으로 만든 뚜껑이 덮인 접시가 식탁보 위에 가지런히 놓여 있었고 우리는 식탁에 자리를 잡았다. 포도주나 빵은 눈을 씻고 봐도 없었다. 물은 신선하고 시원했지만 역시 물일 뿐이라서 네드의 입에는 맞지 않았다. 나는 차려진 음식들 중에서 생선들이 아주 맛있게 조리되어 있음을 알 수 있었다. 맛은 있었지만 무슨 생선인지는 알 수 없었다. 식기 세트도 아주 우아했고 고상했다. 포크와 나이프, 스푼, 접시 들을 비롯해 모든 식기에는 글자가 새겨져 있었는데, N이라는 글자 위를 '움직임 속의 움직임 (Mobilis in Mobili)'이라는 라틴어가 둥글게 감싼 모양이었다.

그것을 그대로 옮겨 놓으면 다음과 같다.

'움직임 속의 움직임'이라는 경구는 이 잠수함과 딱 들어맞는다. N이라는 글자는 아마 바닷속에서 이 배를 지휘하고 있는 수수께끼 같은 인물의 머리글자일 것이다.

네드와 콩세유는 별 생각 없이 음식에 탐닉했고 나도 곧 그들을 본받았다. 어쨌든 굶겨 죽이지는 않을 것이라는 생각이 들자 마음이 편해졌다. 허기가 채워지자 잠이 쏟아졌다. 콩세유와 네드는 깔개 위에 드러눕더니 곧바로 코를 곯았다. 나는 이런저런 생각에 잠겨 그들보다는 조금 어렵게 잠에 빠질 수 있었다.

우리가 있는 곳이 어디일까? 우리는 지금 어떤 이상한 힘에 이끌려 가고 있는 걸까? 나는 잠수함이 저 미지의 심해로 내려가고 있는 듯 느꼈고, 미처 잠이 들지 않은 채 악몽에 시달렸다. 이어서 머릿속이 조금 차분해지더니 이내 잠에 빠져들었다.

내가 얼마나 잠을 잤는지는 모르겠다. 하지만 잠에서 깨어났을 때 모든 피로가 물러간 것으로 보아 아주 오랫동안 잠을 잔 것만은 분명했다. 네드와 콩세유는 나보다 조금 더 늦게 잠에서 깨어났다. 잠에서 깨어난 네드는 자신이 갇혀 있다는 것에 다시 화가 치솟았는지, 이 배를 탈취해야만 한다고 열을 냈고 나는 그를 달래느라 진땀을 흘려야만 했다. 콩세유는 여전히 침착하기만 했다.

그때였다. 밖에서 금속판을 밟는 소리가 들렸다. 이윽고 빗장이 벗겨지더니 급사가 다시 들어왔다. 화가 나 있던 네드는 내가 말릴 새도 없이 급사에게 달려들어 목을 조르기 시작했고, 콩세유가 네드에게 달려들어 그를 떼어내려 애쓰고 있었다. 나도 달려가서 급사를 위기에서 구출하려 했다. 순간 어디선가 들려오는 말소리에 나는 그대로 얼어붙고 말았다. 분명히 프랑스어였던 것이다.

"진정하세요, 랜드 씨. 그리고 아로낙스 박사, 내 말 좀 들어보세요."

바로 이 배의 선장이었다.

그가 마음을 파고드는 목소리로 말했다.

"여러분, 나는 프랑스어, 영어, 독일어, 라틴어를 모두 잘할 수 있습니다. 나는 여러분들과 처음 만났을 때부터 여러분들 말에 대답할 수도 있었습니다. 하지만 우선은 여러분들에 대해 알고 싶었습니다. 그런 후 생각을 좀 해보고 싶었습니다. 여러분들이 네 언어로 말한 내용은 모두 일치했습니다. 그리고 여러분들이 누구라는 것도 확실히 알게 되었습니다.

그렇지만 나는 여러분들을 어떻게 대해야 할지 오래 망설였습니다. 그래서 이렇게 당신들을 늦게 찾아오게 된 겁니다. 매우 유감스러운 사정으로, 여러분은 인간 사회와 인연을 끊고 사는 한 사람 앞에 나타나게 되었습니다. 여러분은 내 삶을 휘저어 놓은 겁니다."

"본의 아니게 그렇게 된 겁니다"라고 내가 말했다.

"본의가 아니었다고요? 에이브러햄 링컨호가 나를 쫓아 온 바다를 샅샅이 뒤지고 다닌 게 본의가 아니었나요? 당신이 그 배에 오른 것도 본의가 아니었나요? 당신들이 내게 포탄을 쏜 것도 본의가 아니었나요? 이만하면 내가 당신들을 적으로 취급하는 게 당연하지 않나요?

하지만 나는 망설인 결과 당신들을 이렇게 다시 만나러 온 겁니다. 당신들을 다시 이 배 갑판 위로 올려 보내고 그냥 잠수해버릴 수도 있었지만……. 내게는 분명 그럴 권리가 있다는 걸 인정하겠지요?"

내가 대답했다.

"야만인이라면 그럴 권리가 있겠지요. 하지만 그건 문명인의 권리가 아닙니다."

그러자 그 미지의 사람이 격한 어조로 대꾸했다.

"박사, 나는 당신들이 말하는 그런 문명인이 아닙니다. 나는 인간 사회와 완전히 인연을 끊은 사람입니다. 여러 가지 이유들이 있지만 그것들에 대해서는 오로지 나만이 정당하게 평가할 수 있을 뿐입니다. 나는 인간 사회의 규칙은 조금도 따르지 않는 사람입니다. 그러니 내 앞에서 그런 것들을 더 이상 들먹이지 말기 바랍니다. 어쨌든 당신들은 운명에 의해 이곳에 오게 되었습니다. 당신들은 이 배에 있어도 됩니다. 당신들은 자유입니다."

나는 그에게 물었다.

"죄송하지만, 우리들이 이 배 안에서 자유롭다고 말씀하신 건가요?"

"바로 그렇습니다."

"그렇다면 그 자유가 어떤 걸 의미하는지 설명 좀 해주실 수 있겠습니까?"

"자유롭게 왔다 갔다 할 수 있고 이 배 안에서 어떤 일이 벌어지는지 살필 수 있는 자유를 말합니다."

"미안하지만 그건 감방 안을 자유롭게 왔다 갔다 할 수 있는 죄수의 자유와 다를 바 없군요. 그 정도 자유로는 충분하지 않습니다."

"하지만 그걸로 만족해야 합니다."

"뭐라고요! 그렇다면 우리들의 조국, 친구들, 가족들을 두 번다시 만날 수 없다는 말씀입니까?"

"그렇습니다."

그러자 네드가 갑자기 소리쳤다.

"뭐라고! 탈출할 자유가 없다고! 나는 그런 약속은 절대로 할 수 없어!"

그러자 선장이 냉정한 목소리로 말했다.

"당신의 약속 같은 건 필요 없소."

나도 흥분해서 소리쳤다.

"당신은 우리들이 처한 상황을 남용하고 있는 겁니다. 그건 너무 잔인해요!"

"아닙니다. 자비로운 처사이지요. 당신들은 전투 끝에 내 포로가 된 겁니다. 말 한 마디면 당신들을 저 바닷속으로 처박을 수도 있는데 이렇게 보호해주고 있는 겁니다. 당신들은 분명히 나를 공격했어요. 당신들은 아무도 알아서는 안 될 내 비밀을 밝히려고 온 겁니다. 그런 당신들을 육지로 고이 돌려보낼 것 같아요? 나를 보호하기 위해 당신들을 붙잡아둘 수밖에 없어요."

선장의 말은 더 없이 단호했다. 무슨 말을 해도 그의 결심을 되돌리는 것은 불가능해 보였다. 나는 말을 이었다.

"그러니까 결국은…… 사느냐, 죽느냐, 둘 중의 하나를 택하란 말씀이군요."

"바로 그렇습니다."

이어서 그가 다소 부드러워진 목소리로 설명을 계속했다.

"아로낙스 박사, 나는 당신을 잘 알고 있어요. 내 연구에 도움이 된 책들 중에는 당신이 심해에 대해 쓴 책들도 포함되어 있습니다. 나는 그 책들을 자주 읽었어요. 지상에서 할 수 있는 해저에 대한 연구로는 최고 수준에 도달했다고 볼 수 있는 책들인 것을 인정합니다. 하지만 당신은 모든 것을 다 알 수 없고, 모든 것을 다 보지도 못했어요. 앞으로 이 배 안에서 보내게 될 시간들이 당신에게 유익할 것이며 당신은 절대로 후회하지 않을 것입니다.

나는 이제 새로운 해저 세계 일주를 시작할 겁니다. 오늘부터 당신은 새로운 세계로 들어가게 될 것이며, 이제까지 그 누구도 본 적이 없는 것들을 보게 될 겁니다. 이제부터 당신은 나의 동료가 되어 연구를 함께 하게 될 겁니다. 우리는 함께 지구의 마지막 비밀을 밝혀내게 될 것입니다."

그의 말이 내게 엄청나게 큰 효과를 발휘했다는 것을 부인하기 힘들다. 나는 한순간, 내 마음을 온통 사로잡은 그 위대한 과업이라는 것이 나의 빼앗긴 자유를 보상해줄 수 없다는 사실을 잊었다. 결국 나는 그의 제안을 받아들였고 우리의 만남이 일종의 축복이 될 수도 있을 것이라고 말했다.

그가 물러가려고 하는 것 같아 내가 끝으로 그에게 물었다.

"당신을 어떻게 불러야 할까요?"

"아로낙스 박사, 그냥 네모 선장이라고 불러주십시오. 당신과 당신 동료들은 그냥 '노틸러스호'의 승객들이라고 생각하면 됩니다."

네모(Nemo)는 라틴어로 '아무도 아니다'라는 뜻이었고 노틸러스는 역시 라틴어로 '뱃사람'이라는 뜻이었다.

이어서 그는 큰 소리로 급사를 불렀다. 급사가 나타나자 그는 우리가 알아들을 수 없는 언어로 무언가를 지시했다. 그리고 네드와 콩세유를 돌아보며 말했다.

"당신들 선실에 점심 식사가 준비되어 있을 테니, 이 사람을 따라가도록 하시오."

"마다할 이유가 없지"라고 작살잡이가 말했다.

이윽고 둘은 30시간 이상 갇혀 있던 방에서 나갔다.

"자, 아로낙스 박사. 우리의 식사도 준비가 되어 있습니다. 내

제5장

55

가 앞장 설 테니 따라 오시지요."

나는 네모 선장을 따라갔다. 밖으로 나서니 전등이 켜진 복도가 있었다. 10미터 정도 걸어가자 내 앞에 있는 문이 열렸다.

나는 식당으로 들어갔다. 가구도 장식도 검소했다. 방 한복판 식탁에는 풍성한 음식이 차려져 있었다. 네모 선장이 내 자리를 가리켰고 나는 의자에 앉았다.

식사는 오로지 해산물 요리들만으로 이루어져 있었다. 나는 식욕보다는 호기심으로 음식들을 맛보았다. 음식이 맛있다는 것은 인정할 수밖에 없었다. 하지만 이 음식들의 재료가 무엇인지는 도저히 알 수 없었다. 네모 선장이 내 생각을 읽은 듯이 말했다.

"이 음식들이 모두 해산물이라는 건 아시겠지요? 그렇습니다. 바다는 내가 필요로 하는 걸 다 줍니다. 나 홀로 경영하는 바다 목장을 가지고 있는 셈이지요. 그 음식은 흡사 쇠고기 같지요? 그건 거북이 고기입니다. 저 돼지고기 스튜 같은 것도 실은 돌고래 간입니다. 그리고 이건 해삼으로 만든 잼입니다. 이 크림도 고래 젖에다 북해에서 자라는 해초에서 추출한 설탕을 넣어 만든 겁니다."

나는 그의 말에 매혹되어 음식들을 하나하나 음미했다.

"이 거대한 바다 목장은 먹을 것만 주는 게 아닙니다. 입을 것도 주지요. 당신이 지금 입고 있는 옷은 거대한 조개가 분비하는 족사(足絲)로 짠 겁니다. 그것을 고둥이 분비하는 보라색 염료로 물들인 거지요. 당신 화장대 위에는 향수가 놓여 있을 겁니다. 그것도 해초를 증류해서 만든 겁니다. 당신 침대도 아주 부드러운 해초로 만든 거고, 펜은 고래 뼈로 만들었으며 잉크는 오징어 먹물로 만들었습니다.

그렇습니다. 바다는 전부입니다. 바다는 거대한 황무지 같지만 바다에서 인간은 결코 외롭지 않습니다. 자기 옆에서 생명이 고동치고 있음을 느낄 수 있으니까요. 바다는 살아 있는 무한이고 자연의 광대한 저장고입니다. 지구는 바다로부터 시작되었고, 바다와 함께 끝날지도 모릅니다. 바다는 완벽하게 평화롭습니다. 바다는 그 어떤 독재자의 것도 아닙니다. 바다 저 위에서는 독재자들이 온갖 싸움과 잔악한 짓들을 벌일 수 있지만 수면 아래 10미터만 내려가면 그들의 힘은 미치지 않습니다. 바다의 품을 느껴보세요. 오로지 그곳에만 온전한 독립이 존재합니다. 바다에서 나는 그 어떤 주인도 인정하지 않습니다. 바다에서 나는 온전히 자유로운 존재입니다."

열정적으로 이야기를 하던 네모 선장은 갑자기 입을 다물었다. 도가 지나쳐 평상시 자기 모습을 잃었다고 생각했던 것 같았다. 그는 평소의 침착한 표정으로 되돌아오더니, 나를 돌아보며 말했다.

"자, 아로낙스 박사, 이제 노틸러스호를 둘러보고 싶을 겁니다. 기꺼이 안내해 드리지요."

제6장

네모 선장이 자리에서 일어났고 나는 다시 그의 뒤를 따랐다. 방 뒤에 설치되어 있던 문이 양쪽으로 열리고 나는 내가 나온 방과 같은 크기의 방으로 들어갔다. 그곳은 서재였다. 아니 서재라기보다는 도서관이라고 하는 것이 옳았다. 흑단 나무로 만든 높은 책꽂이에 일렬로 정돈된 책들이 빽빽하게 꽂혀 있었다. 나는 믿을 수 없다는 표정으로 네모 선장에게 말했다.

"네모 선장, 유럽 어느 궁전에 있는 서재보다 훌륭하군요! 정말 놀랍습니다. 이런 서재가 바다 깊은 곳을 당신과 함께 여행하고 있다니! 6,000권이나 7,000권이 넘어 보이는군요."

"아로낙스 교수, 정확히 1만 2,000권입니다. 당신 마음대로 이용해도 됩니다."

나는 선장에게 감사를 표한 후 장서들 쪽으로 걸어갔다. 갖가지 언어로 쓰인 과학과 윤리와 문학 서적들이 넘쳐나고 있었다. 호메로스에서 빅토르 위고까지 온갖 귀중한 문학 작품들이 망라되어 있었지만 가장 큰 비중을 차지하고 있는 책들은 과학 서적들이었다.

내가 책들을 대충 살펴보자 네모 선장이 이번에는 우리가 서재로 들어올 때 사용한 문의 반대쪽 문을 열었다. 그 문으로 들어서니 휘황찬란하게 불이 켜져 있는 직사각형의 방이 나타났다. 길이는 10미터 정도 되었으며 너비는 6미터, 높이는 5미터 정도 되는 방이었다. 그곳은 객실이자 박물관이었다. 천장에 불이 밝혀져 있어, 박물관에 진열된 온갖 진귀한 물품들을 구석구석 밝게 비추고 있었다. 그곳은 진정으로 박물관이라고 부를 만한 곳으로서 지적이면서 돈을 아끼지 않는 사람의 손으로 모아놓은 온갖 자연과 예술의 보물들이 진열되어 있었다. 소박한 그림이 새겨져 있는 타피스리가 늘어져 있는 벽에 거장의 그림들이 30여 점 걸려 있었는데, 라파엘의 「마돈나」, 레오나르도 다 빈치의 「성처녀」, 코레주의 「님프」, 티치아노의 「여인상」 등이 그것들이었으며 현대 작품으로는 들라크루아, 앵그르 등의 작품들이 있었다. 그 외에 고대 예술품들을 복제한 대리석상들과 청동상들이 세워져 있었고, 저명한 악기 제작자가 만든 오르간 옆에는 음악가들의 사진들도 있었다.

한편 예술품들 곁에는 자연에서 채취한 진귀한 물건들이 자리를 차지하고 있었다. 주로 식물, 조개, 해산물이었으며 분명 네모 선장이 자신의 손으로 직접 채취한 것들이었다. 해양 식물학자라면 까무러칠 정도로 진귀한 것들이 많았지만 그것을 전부 다 소개할 겨를은 없다. 다만 그 가치를 일일이 평가하는 게 불가능할 정도였다는 것만은 말해주고 싶다.

감탄의 눈으로 온갖 진귀한 조개들, 진주들에 빠져 있는 나를 보고 선장이 말했다.

"조개들을 보고 계시군요. 과학자의 흥미를 끌 만한 것들이지요. 하지만 제가 정말 자랑스러운 건, 그 모든 것들을 모두 제 손으로 직접 채취한 것이라는 사실입니다."

"이런 보물들이 그득한 바닷속을 직접 돌아다닐 수 있다니! 저는 이 보물들도 놀랍지만, 이 보물들을 찾아 돌아다닐 수 있는 이 배, 이 보물들을 그득 싣고 있는 이 배가 더 놀랍습니다. 도대체 어떤 추진력과 장치가 되어 있기에 이런 일이 가능할까요?"

"아로낙스 박사, 아까도 말씀드렸듯이 당신은 이 배에서 자유입니다. 당신은 이 노틸러스호 안, 어디든 갈 수 있습니다. 구석구석 다 살펴봐도 됩니다. 하지만 그 전에 우선 당신이 묵을 선실로 가보기로 하지요. 자신이 지낼 곳이 마음에 드는지 알아볼 필요가 있지 않겠습니까?"

나는 네모 선장이 안내하는 대로 따라갔다. 선장은 나를 앞쪽에 있는 선실로 데려갔다. 하지만 그곳은 선실이라기보다는 침대와 화장대와 몇몇 가구가 갖추어진 우아한 방이라고 하는 게 옳았다. 나는 주인에게 감사의 표시를 하지 않을 수 없었다.

"내 방은 바로 당신 침실 옆입니다"라고 그가 문을 열면서 말했다. "내 방은 우리가 방금 나온 객실과 통해 있습니다."

나는 선장의 방으로 들어갔다. 그 방은 거의 금욕적이라고 할 만큼 검소한 방이었다. 쇠로 된 침대, 작업 테이블, 화장대만 갖추어져 있었다. 간접 조명이 방을 밝히고 있었고 안락한 것은 아무것도 없었으며 최소한도의 필요만 충족시키는 방이었다.

네모 선장이 의자 하나를 가리키며 내게 말했다.

"자, 앉으세요."

내가 의자에 앉자 그는 자신의 방 벽에 걸린 기구들을 가리키며 말을 시작했다.

"여기 노틸러스호의 항해에 필요한 기구들이 있습니다. 나는 늘 저것들을 바라봅니다. 저것들은 내가 어디에 있는지, 어디로 가야 하는지를 알려줍니다. 저것들 중에는 당신이 이미 알고 있는 것들도 있지요. 말하자면 온도계나 기압계, 습도계 같은 것들 말입니다."

"그렇지만 도무지 어디에 사용하는지 잘 모르겠는 것들이 더 많군요."

"저것들을 설명하려면 우선 말씀드려야 할 것이 있습니다. 이 배에는 강력하면서 다루기 좋고, 빠르면서 쉬운 동력이 있습니다. 거의 모든 것이 그것을 이용해 작동합니다. 말하자면 이 배의 주인으로서 지배를 하고 있다고 할까……. 모든 것이 그것으로 이루어집니다. 그것이 우리를 밝혀주고 우리를 덥혀줍니다. 그것은 내 기계들의 영혼입니다. 그 동력은 바로 전기입니다."

"전기라고요!" 하며 나는 놀라서 소리쳤다. "이 배의 동력을 전기가 공급한다고요! 전기의 동력은 미약하지 않나요? 작은 힘밖에는 내지 못하지 않습니까?"

"아로낙스 박사, 내가 말하고 있는 전기는 지금까지 세상에 알려진 전기와는 전혀 다른 것입니다. 박사에게 어떻게 쉽게 설명을 해야 할지 모르겠군요. 아무튼 바다에서 무한히 얻어낼 수 있는 해탄(海炭)이 연료로 쓰인다는 것만 말씀드리겠습니다.

내 손목의 이 시계도 전기로 움직이는 시계입니다. 자, 나를 따라오세요. 노틸러스호 뒷부분으로 가보면 좀 더 정확히 이해할 수 있을 겁니다."

사실상 나는 노틸러스호의 앞부분은 이미 다 파악했다. 중앙에서 이물까지 이르는 부분은 이렇게 이루어져 있다. 5미터 길이의 식당은 물을 차단하는 격벽을 사이에 두고 역시 5미터 길이의 서재와 맞닿아 있었다. 두 번째 격벽을 사이에 두고 10미터 길이의 객실과 5미터 길이의 선장의 방이 이웃해 있으며 내 침실은 2.5미터였다. 그리고 그로부터 이물 끝까지 7.5미터의 공기탱크가 자리 잡고 있으며 가끔 수면 위로 부상해서 신선한 공기를 공급받는다. 모두 35미터의 길이로서, 격벽에 달려 있는 문은 고무로 완전히 밀폐되어 있어서, 혹시 노틸러스호의 어디엔가 구멍이 뚫리더라도 배 안에 있는 사람들은 절대적으로 안전했다.

네모 선장의 뒤를 얼마쯤 따라가니 배의 중앙에 이르렀다. 이곳에는 두 개의 물 차단 격벽 사이에 일종의 수직갱 같은 것이 설치되어 있었고 철제 계단이 맨 위쪽까지 나 있었다. 나는 이 계단이 어디에 쓰이느냐고 선장에게 물었다.

"보트로 올라가는 계단입니다."

"뭐라고요? 이곳에 보트도 있습니까?" 내가 놀라서 물었다.

"물론이지요. 가벼운데다, 절대로 물에 가라앉지 않는 훌륭한 탈 것이지요. 산책을 하거나 낚시를 할 때 사용합니다. 보트는 선체 윗부분에 마치 갑판의 일부분처럼 볼트로 고정되어 있지요. 그 안에 들어가 볼트를 풀면 압력이 작동해 수면으로 올라갑니다."

"그럼 돌아올 때는?"

"내가 돌아오는 게 아니라, 노틸러스호가 내게로 옵니다. 전보를 이용하면 됩니다."

그곳을 지나자 2미터 길이의 선실이 나타났다. 콩세유와 네드의 선실이었고, 둘은 열심히 음식을 먹고 있었다. 곧이어 문 하나가 열리고 주방이 나타났다. 모든 요리는 전기 장치를 이용해 조리를 하고 있었다. 주방 옆에는 쾌적한 욕실이 있었고, 이어서 승무원실이 있었다. 하지만 문이 닫혀 있어서 안을 들여다볼 수 없었다. 나는 도대체 이 신기한 배에 얼마나 많은 승무원들이 승선하고 있을까 궁금했지만 다음 기회로 미룰 수밖에 없었다.

이윽고 선장과 나는 네 번째 격벽에 나 있는 문을 열고 배 맨 뒤의 기관실에 도착했다. 안으로 들어가보니 네모 선장이 배를 움직이게 하기 위해 설치해놓은 기관들이 있었다. 불이 환하게 켜져 있는 기관실은 길이가 20미터는 넘는 것 같았다.

그곳은 두 부분으로 자연스럽게 나뉘어져 있었다. 첫 번째 부분에는 발전 설비들이 있었고, 두 번째 부분에는 동력을 스크루에 전달하는 장치들이 있었다. 나는 흥미롭게 기계 장치들을 살펴보았다. 네모 선장이 열심히 기계 장치를 설명한 후 덧붙였다.

"스크루는 1분에 120회전까지 회전할 수 있습니다. 시속 30노트의 속도를 낼 수 있지요."

나는 전기가 그런 엄청난 힘을 낼 수 있다는 사실을 이해할 수 없었다. 그런 나를 보고 네모 선장이 객실로 가자고 했다. 그곳이 진짜 연구실이니, 그곳에서 모든 것을 다 이해할 수 있을 것이라고 말했다.

얼마 후 우리는 객실 소파에 함께 앉았다. 네모 선장은 노틸러스호의 단면도와 투시도가 그려진 도면을 내게 보여주며 설명을 시작했다.

"자, 여기 당신이 몸을 싣고 있는 이 배의 여러 구역의 크기가 나와 있습니다. 배는 양쪽 끝이 원뿔형으로 되어 있는 길쭉한 원통 모양입니다. 시가와 비슷한 모양이라고 보면 됩니다. 머리에서 꼬리까지 전체 길이는 정확히 70미터이고 폭은 가장 넓은 곳이 8미터입니다. 폭과 길이를 놓고 계산해보면 노틸러스호의 표면적과 부피도 계산할 수 있을 것입니다. 표면적은 1,011.45평방미터이고 부피는 1,500.2입방미터입니다.

노틸러스호는 내부 선체와 외부 선체의 이중 구조로 이루어져 있습니다. 그 둘은 T자 형 강철로 아주 견고하게 결합되어 있습니다. 그리고 세포처럼 구획이 되어 있기에 속이 꽉 찬 블록처럼 아주 단단합니다. 이 이중 선체 모두 강철판으로 되어 있으며 바깥쪽 선체는 두께가 최소한 5센티미터는 됩니다."

이어서 그는 배가 수면 위로 떠오르고 다시 잠기는 원리, 좌우로 회전하는 원리, 깜깜한 밤에도 빛을 발하는 원리 등을 설명했다. 나는 그의 설명을 들으며 감탄했다. 그의 설명에는 노틸러스호가 스코샤호와 충돌한 것은 순전히 사고였다는 내용도 들어 있었다. 하지만 나는 그가 설명한 것을 모두 되풀이해서 독자들을 괴롭히고 싶지는 않다.

그의 설명을 다 듣고 나서도 내게는 한 가지 의문이 남았다. 내가 그에게 물었다.

"네모 선장, 그렇다면 당신은 기술자인가요?"

"네, 그렇습니다. 나는 런던과 파리, 뉴욕에서 공부했습니다."

그런 후 나는 내가 정말로 궁금해하던 것을 물었다.

"그런데, 도대체 어떻게 이 경탄할 만한 노틸러스호를 남들 모르게 건조할 수 있었지요?"

"이 배의 부품들을 세계 각지에 주문해서 모두 내게 오도록 만들었지요. 물론 행선지를 위장하긴 했습니다. 용골은 프랑스 크뢰소 제철소에서 만들었고, 스크루 연결 축은 런던의 펜엔코 제철소에서 선체 철판은 리버풀에 있는 리어드 회사가, 뱃머리 돌출부는 스웨덴에 있는 모탈라 회사가 제작하는 식이었지요. 다른 부품들도 마찬가지입니다. 나는 이들 업체들에 각기 다른 이름으로 설계도를 보내서 부품들을 만들도록 주문했습니다."

그의 설명을 듣고 내가 마지막으로 궁금한 것을 물었다.

"하지만 그런 부품들을 받아서 조립을 했어야 하지 않나요?"

"아로낙스 박사, 나는 대양 한복판에 있는 무인도에 공장을 세웠습니다. 거기서 내 공원(工員)들, 말하자면 내가 가르치고 훈련시킨 기술자들과 함께 노틸러스호를 건조했습니다. 작업이 끝난 후에는 그곳에 불을 질러 우리가 그 섬에 있었다는 흔적을 모두 없애버렸지요."

"마지막으로 한 가지만 묻겠습니다."

"물어보시지요, 아로낙스 박사."

"그렇다면 당신은 부자이겠군요."

"엄청난 부자입니다. 프랑스 정부가 안고 있는 100억 프랑 이상의 부채도 어렵지 않게 갚을 수 있을 겁니다."

나는 그가 나를 놀리는 것만 같았다. 어쨌든 두고 볼 일이었다.

제7장

다음 날 오전이었다. 네모 선장이 내게 말했다.

"박사, 지금 우리 위치를 정확하게 측정해 둡시다. 이 여행의 출발점으로 삼는 거지요. 지금이 정오 15분 전이군요. 수면 위로 올라가야겠습니다."

선장은 전기 벨을 세 번 울렸다. 펌프가 물탱크에서 물을 퍼내기 시작했다. 압력계 바늘이 노틸러스호가 상승하고 있음을 알리고 있었다. 잠시 후 바늘이 멈추었다.

"도착했군요"라고 선장이 말했다.

나는 갑판으로 오르는 중앙 계단을 향해 걸어간 후 철제 계단을 올라가기 시작했다. 갑판은 수면 위로 80센티미터밖에 올라와 있지 않았다. 갑판 한가운데, 보트가 배의 선체에 반쯤 묻힌 채 볼록한 모습을 드러내고 있었다. 배의 앞뒤로는 별로 높지 않은 두 개의 작은 방 같은 것이 돌출해 있었다. 벽면은 경사가 져 있었으며 일부는 두꺼운 유리렌즈로 덮여 있었다. 그 중 하나는 노틸러스호를 조종하는 조타수의 방이었고, 나머지는 진로를 밝히는 강력한 전기탐조등이 빛을 발하고 있는 곳이었다.

나는 바다를 둘러보았다. 에이브러햄 링컨호는 고사하고 사방에 아무것도 보이지 않았다. 그야말로 망망대해였다. 네모 선장은 육분의를 들고 태양의 고도를 쟀다. 위도를 측정하기 위해서였다.

그가 내게 말했다.

"박사, 우리는 동경 137도 15분……."

내가 도중에 그의 말을 끊고 물었다.

"어느 자오선을 기준으로 한 겁니까?"

그의 대답을 듣고 그의 국적을 알아낼 수도 있으리라 생각한 것이다.

"파리와 그리니치와 워싱턴의 자오선 중 아무거나 기준으로 할 수도 있지만 당신을 생각해서 파리를 기준으로 한 것입니다."

그 대답으로는 아무것도 알아낼 수 없었다. 그가 다시 말했다.

제7장

71

"파리의 자오선을 기준으로 동경 137도 15분, 위도는 북위 30도 7분, 일본으로부터 남쪽으로 약 500킬로미터 떨어진 곳입니다. 오늘은 11월 8일 정오, 우리의 해저 탐사가 시작된 날입니다."

"신의 가호가 있기를!" 하고 내가 그의 말에 화답했다.

"박사님, 이제 혼자 연구를 좀 해보시지요. 객실은 얼마든지 사용하셔도 됩니다. 저는 이만 물러가겠습니다."

객실에 혼자 앉아 나는 깊은 생각에 잠겼다. 이 배에 대해 알 건 거의 다 알았으니, 이제 정작 궁금한 건 선장의 정체였다. 어디에도 속하지 않은 자유인이라고 했지? 하지만 원래 국적은 어디일까? 어쩌다 인류 전체와 결별을 선언할 만큼의 증오심을 품게 된 것일까? 인정을 받지 못한 과학자일까, 아니면 너무 천재라서 미친 사람 취급을 받은 걸까?

내가 그런 생각에 잠겨 있을 때 객실 문 앞에 네드 랜드와 콩세유가 나타났다. 그들은 자신들 눈앞의 놀라운 진열품들을 보고 돌처럼 굳었다. 나는 그들에게 내가 지금까지 알게 된 것들을 모두 그들에게 말해준 다음, 지금까지 어떤 것을 보고 들었느냐고 그들에게 물어보았다. 그러자 네드가 대답했다.

"아무것도 못 보고 아무 소리도 들은 게 없습니다. 헌데 박사님은 이 배에 승무원이 몇 명이나 되는지 아십니까? 열 명? 스무 명? 백 명? 다 때려치우고 탈출해야 합니다."

"나도 몰라. 어쨌든 나를 믿고 배를 탈취한다느니, 탈출한다는 생각 같은 건 접어두게. 이 배는 현대 산업이 빚은 걸작이야. 이 배를 못 보았다면 후회할 뻔했어. 제발 진정하고 우리 주변에서 벌어지는 일들을 잘 관찰하도록 하세."

"관찰이라고요! 도대체 뭘 관찰하란 말입니까? 보이는 건 오로지 이 철판 감옥 안에 있는 것들뿐인데!"

네드 랜드가 그 말을 하는 순간 갑자기 객실 안이 어두워졌다. 우리는 뭔가 놀라운 일이 벌어질 것 같은 기분에 꼼짝도 못한 채 말없이 서 있었다. 그때였다. 무언가 미끄러지는 것 같은 소리가 들렸다. 노틸러스호의 옆면에서 무언가 판(板) 같은 것이 움직이는 것 같았다. 순간 객실 양쪽 면이 갑자기 밝아졌다. 두 부분이 타원형으로 열리면서 빛이 들어온 것이다. 이어서 놀라운 광경이 펼쳐졌다. 전깃불에 의해 훤하게 밝혀진 바닷속 모습이 우리 눈에 들어온 것이다! 두 겹으로 된 크리스털 유리판이 바다와 우리 사이를 가르고 있었다. 우리 눈앞에 노틸러스호 주변 반경 2킬로미터 안의 바다가 훤하게 펼쳐져 있었다.

제7장

아아, 얼마나 놀라운 광경인가! 어찌 그 광경을 글로 제대로 묘사할 수 있단 말인가!

우리는 바다가 거의 투명하다는 것을 알고 있다. 그리고 바닷물이 석간수보다 맑다는 것도 누구나 다 알고 있다. 바닷물 속을 떠다니는 광물질과 유기물질 덕분에 실제보다 더 투명하게 보이는 것이다. 게다가 객실이 어두웠기 때문에 바깥 불빛은 더 환해 보였다. 우리들은 마치 거대한 수족관을 바라보듯이 크리스털 유리 밖을 내다보았다. 우리는 너무나 놀라워 넋을 잃은 채 크리스털 유리창 앞에 서 있었다.

내가 네드에게 말했다.

"네드, 도대체 뭘 볼 게 있느냐고 말했지? 자, 실컷 보라고!"

"오, 정말 놀라워! 이런 것들을 볼 수 있다면 어디 건 기꺼이 갈 겁니다!"

2시간에 걸쳐 온갖 해양 동물이 노틸러스호를 호위했다. 새로운 물고기나 해양 동물이 나타날 때마다 네드는 그 이름을 댔고, 콩세유는 '생물학적 분류'를 하느라 바빴다. 하지만 물고기를 순전히 먹거리의 차원에서만 보고 있는 네드와, 생물학적 분류의 차원에서만 바라보는 콩세유 사이에서는 논쟁이 끊이지 않았다. 나는 둘을 합치면 뛰어난 박물학자가 되었으리라고 생각했다. 나는 나대로 그 멋진 광경에 감탄하면서, 그 존재가 의심스럽던 희귀종을 발견할 때마다 뛸 듯이 기뻐했다.

절정에 이른 우리들의 놀람과 경탄은 시간이 흘러도 식을 줄 몰랐다. 우리들 입에서는 연이어 감탄사가 터져 나왔다. 네드는 계속 물고기 이름을 댔고 콩세유는 그것을 분류했다. 나는 물고기들의 화려한 색, 아름다운 형태에 황홀해서 어쩔 줄 몰랐다. 자연 환경에서 이렇듯 자유롭게 돌아다니는 생물을 바로 눈앞에서 볼 수 있다니!

우리들이 모두 그렇게 넋을 놓고 있을 때 갑자기 객실의 불이 켜졌다. 이어서 금속판이 다시 닫혔다. 매혹적인 광경은 눈앞에서 사라졌지만 나는 오랫동안 여전히 꿈속을 헤매고 있었다. 네드 랜드와 콩세유는 그들의 선실로 돌아갔고 나도 내 방으로 돌아갔다. 벌써 저녁 식사가 준비되어 있었다.

나는 그날 저녁 책을 읽고 글을 쓰고 이런저런 생각을 하면서 지냈다. 이윽고 침대에 누워 편안한 잠에 빠져들었다.

이튿날인 11월 9일, 나는 12시간 동안 잠을 푹 잔 후에 깨어났다. 콩세유가 내 시중을 들러 잠깐 왔다 갔지만 네모 선장은 모습을 보이지 않았다. 나는 그날 하루 종일, 객실에 전시되어 있는 조개들을 분류하며 시간을 보냈다.

11월 10일도 마찬가지였다. 네모 선장은 물론이고 승무원 모습도 보이지 않았다. 흡사 버림받은 것 같았다. 그날 콩세유와 네드는 나와 하루 종일 함께 지내며 이곳저곳 돌아다녔다. 나는 이날부터 일기를 쓰기 시작했다.

11월 11일, 잠에서 깨어나니 신선한 공기가 노틸러스호 안을 채우고 있었다. 나는 배가 산소를 보충하기 위해 수면 위로 올라갔음을 알 수 있었다. 나는 갑판으로 올라갔다. 아침 6시였다.

갑판에 오른 나는 심호흡을 했다. 그리고 내심 네모 선장이 그곳에 나타나기를 기대했다. 그때 누군가 갑판으로 올라오는 소리가 들렸다. 나는 네모 선장이려니 생각하고 인사할 준비를 했다. 하지만 나타난 것은 선장이 아니라 그의 부관이었다. 그는 갑판에 내가 있는 것을 눈치채지 못한 것 같았다. 그는 고성능 망원경을 눈에 대고 수평선을 유심히 살폈다. 그런 후, 갑판으로 드나드는 해치로 걸어가더니 다음과 같이 말했다.

"나우트론 레스포크 로르니 비르치."

내가 무슨 뜻인지도 모르면서 그 말을 기억하는 것은 거의 매일 아침 똑같은 말을 들을 수 있었기 때문이었다.

말을 마친 부관은 다시 아래로 내려갔다.

그런 식으로 똑같은 나날들이 닷새가 흘러갔다. 네모 선장은 여전히 나타나지 않았다. 11월 16일, 네드, 콩세유와 함께 내 방으로 들어간 나는 탁자 위에서 쪽지를 한 장 발견했다. 그 내용은 다음과 같다.

노틸러스호에 탑승하고 있는
아로낙스 교수님 귀하

네모 선장이 아로낙스 교수님을 내일 아침 크레스포 숲에서 있게 될 사냥에 초대합니다. 기꺼이 참석해주시기를 바라며, 교수님의 친구들도 함께 참석해주시면 기쁘겠습니다.

1867년 11월 16일
노틸러스호 지휘관 네모 선장

"사냥! 그렇다면 가끔 육지에 올라간다는 말이군요." 네드 랜드의 말이었다.
"글쎄, 편지 내용을 보면 그런 것 같지?"

대륙에 대해 혐오감을 품고 있는 네모 선장이 숲에서 사냥을 한다는 게 뭔가 앞뒤가 맞지 않는 것 같았지만 나는 그렇게 대답할 수밖에 없었다.

이튿날, 그러니까 11월 17일 아침에 눈을 떠보니 노틸러스호가 꼼짝도 않고 있음을 알 수 있었다. 나는 재빨리 옷을 입고 객실로 갔다. 네모 선장이 그곳에서 나를 기다리고 있다가 인사를 한 후, 사냥에 동행하겠느냐고 물었다. 나는 기꺼이 함께하겠다고 대답했다.

내가 그에게 말했다.

"한 가지 물어볼 게 있습니다. 당신은 육지와 관계를 끊은 걸로 알고 있는데 크레스포섬에 당신의 숲이 있다니, 어인 영문이지요?"

"그 숲은 호랑이나 퓨마 등 네 발 짐승이 살고 있는 곳이 아닙니다. 그곳은 육지의 숲이 아니라 해저 숲입니다."

"해저의 숲! 나를 그곳에 데려가겠다는 겁니까?"

"맞습니다."

"걸어서?"

"발에 물을 적시지도 않고."

"사냥을 하면서?"

"사냥을 하면서."

"손에 총을 들고?"

"손에 총을 들고."

나는 그의 입장에서 별로 기분 좋아하지 않을 표정으로 그를 바라보았다.

'머리가 이상해진 게 틀림없어. 그동안 돌아버린 거야. 그냥 괴짜일 때가 그런대로 나았는데'라고 생각했다.

내 표정을 보고 내 생각을 눈치챘겠지만 그는 잠자코 자신을 따라오라고만 했다. 우리는 함께 식당으로 갔다. 식탁에 앉자 그가 말했다.

"내가 미쳤다고 생각하겠지요. 자, 들어보세요. 그런 다음 정말 내가 미쳤는지 판단해도 늦지 않습니다. 사람은 숨 쉴 수 있는 공기만 공급된다면 물속에서도 얼마든지 살 수 있습니다. 내가 만든 잠수 장비 중에는 50기압의 압력으로 공기를 채워 넣은 두꺼운 철판 탱크가 있습니다. 이 공기탱크를 마치 병사가 배낭을 메듯 끈으로 등에 고정시킵니다. 그 철판 탱크에는 두 개의 관이 연결되어 있습니다. 한쪽 관은 숨 쉴 공기를 받아 들이는 데 쓰이고 다른 한쪽은 숨 쉬고 난 공기를 내보내는 데

쓰입니다. 상당한 압력을 가해 공기를 저장했기에 9시간 내지 10시간 동안 호흡할 수 있는 공기를 공급할 수 있습니다."

"좋습니다. 그렇다면 해저에서 어떻게 앞길을 밝힐 수 있습니까?"

"아로낙스 박사, 룸코르프 램프를 이용하면 됩니다. 그 램프에는 나트륨이 들어 있는 분젠 전지가 들어 있어 그 전기를 유도 코일이 들어 있는 랜턴으로 보냅니다. 랜턴 안에는 이산화탄소가 약간 섞인 유리 코일이 있고, 이 이산화탄소가 하얀 빛을 발하게 되는 겁니다. 아마 사냥에 어떤 총을 쓸 것인지 궁금하실 텐데, 모든 것이 전기를 사용해서 작동되며 위력이 대단하다는 것만 말씀드리지요."

"선장님, 더 이상 의심하지 않겠습니다. 당신이 가는 곳, 어디든 따라가겠습니다."

선장은 나를 배의 고물 쪽으로 데리고 갔다. 나는 네드와 콩세유의 선실을 지나면서 그들을 불렀다. 그들은 냉큼 우리를 따라 나섰다.

우리는 기관실 옆에 있는 작은 방으로 들어갔다. 우리가 잠수복으로 살아입을 곳이었다.

제8장

그 방에는 수십 벌의 잠수복들이 벽에 걸려 있었다. 신나게 우리 뒤를 따라왔던 네드는 잠수복들을 보자 망설였다. 내가 그에게 말했다.

"네드, 크레포스 숲은 바다 밑에 있는 숲이라네. 저 잠수복을 입어야만 갈 수 있어."

그는 잠수복 입기를 거절했다. 그러자 선장이 말했다.

"아무도 억지로 강요하지 않습니다."

결국 그는 우리의 탐색에 동참하지 않았다.

이윽고 선장의 신호에 승무원 두 명이 들어와 우리들이 잠수복 입는 것을 도와주었다. 방수복은 이음새가 없는 고무 재질로 되어 있었으며 상당한 수압도 견딜 수 있게 만들어져 있었다. 탄력이 있으면서도 튼튼한 갑옷이라고 할 만했다. 상의와 바지로 구분되어 있었으며 바지 끝에는 밑창에 납을 넣은 두꺼운 장화가 달려 있었다. 상의에는 가늘고 길쭉한 구리판이 갖추어져 있어서 허파가 수압을 견디고 제 기능을 발휘할 수 있도록 되어 있었으며 소매 끝에는 부드러운 장갑이 달려 있었다.

네모 선장과 그의 부하 한 사람, 그리고 나와 콩세유 네 명은 곧 잠수복으로 갈아입었다. 이제 머리에 헬멧만 쓰면 끝이었다. 하지만 그전에 나는 우리가 사용할 총을 보여줄 수 있느냐고 말했다. 그러자 노틸러스호 승무원 한 사람이 내게 총을 건네주었다.

강철로 만들어진 개머리판은 속이 비어 있었으며 비교적 컸다. 개머리판은 압축 공기를 저장하는 탱크 역할을 하고 있어, 방아쇠를 당기면 밸브가 열리면서 압축 공기가 금속관으로 들어가게 되어 있었다. 또한 개머리판에 있는 탄창 속에는 약 스무 발의 전기 총알이 들어 있었고, 이 총알은 용수철 장치에 의해 자동적으로 장전이 되었다. 총알 한 발이 발사되면 자동적으로 다음 총알이 총신으로 들어가게 되어 있었던 것이다.

나는 모든 준비가 완벽하다고 생각하고 선장에게 물었다.

"좋습니다. 하지만 어떻게 바다 밑으로 내려가지요?"

"곧 알게 될 겁니다."

그 말과 함께 네모 선장이 공 모양의 헬멧 속으로 머리를 집어넣었고 콩세유와 나도 따라 했다. 헬멧에는 두꺼운 유리로 된 창 비슷한 것이 셋 뚫려 있어서 쉽게 밖을 내다볼 수 있었다. 곧이어 등에 장착된 장치가 작동되어 나는 아주 쉽게 숨을 쉴 수 있었다. 룸코르프 램프를 허리띠에 차고 총을 들자 준비가 끝났다.

잠시 후, 슉슉 거리는 거센 소리가 들렸다. 나는 차가운 감각이 발끝에서부터 가슴까지 올라오는 것을 느꼈다. 배 안에 장치된 꼭지를 열어 바닷물을 이 방으로 들여보내는 것이었고 얼마 안 있어 방 안에 물이 가득 찼다. 그러자 노틸러스호 옆에 나 있던 두 번째 문이 열렸다. 희미한 빛이 우리 눈으로 들어왔고 잠시 후 우리는 바다 밑바닥에 발을 디디고 있었다.

네모 선장이 앞장서서 걸었고 그의 부하는 몇 걸음 뒤에서 우리를 따라 오고 있었다. 이미 내가 걸치고 있는 장비들의 무게가 느껴지지 않았고 자유롭게 몸을 움직일 수 있었다. 아르키메데스가 발견한 원리를 직접 체험한 것이었다.

우리는 주름도 없이 끝없이 펼쳐진 부드러운 모래 위를 걷고 있었다. 곧이어 몇 가지 물체의 형체들이 보였고, 식충류들이 덮여 있는 거대한 바위들을 알아볼 수 있었다. 물결 위에 내리쪼인 햇빛이 비스듬히 굴절되어 프리즘을 통과한 것과 같은 효과를 냈다. 꽃들과 바위들, 작은 식물들, 조개들, 말미잘들의 가장자리는 태양 스펙트럼의 일곱 색깔 무지갯빛으로 물들어 있었다. 온갖 색이 아우러진 그 광경은 진정으로 경이로웠으며 눈(眼)을 위한 축제 그 자체였다.

우리는 계속 앞으로 나아갔다. 나는 그 멋진 연체동물들을 발로 짓밟을 수밖에 없다는 것이 가슴 아팠다. 콩세유는 아마 그것들을 분류하느라 정신이 없었을 것이다.

곧이어 바닥의 상태가 바뀌었다. 모래밭이 사라지고 끈적끈적한 진흙층이 나타난 것이다. 우리는 해초들의 평원을 지나갔다. 창조의 기적 한복판을 지나는 기분이었으며, 식물계의 경이를 바로 눈앞에서 보고 있는 기분이었다.

얼마 지나자 바닥이 밑으로 가파르게 기울어졌다. 우리는 이미 수심 100미터의 깊이에 다다른 것이었다. 햇빛이 수직으로 내리쪼이는 것으로 보아 정오쯤 된 것 같았으니, 우리가 노틸러스호를 떠난 지 한 시간 반 정도 되었을 것이다. 100미터 깊이에서도 희미하게나마 햇빛이 비치고 있었다.

바로 그때 네모 선장이 걸음을 멈추었다. 그는 내가 가까이

오기를 기다렸다가 손가락으로 눈앞에 어렴풋이 보이는 검은 형체를 가리켰다. 우리는 마침내 크레포스섬의 숲 가장자리에 도착한 것이다.

그 숲은 네모 선장 소유의 광대한 왕국에서 가장 아름다운 곳이었으리라. 그 숲은 네모 선장의 주장대로 그의 소유였다. 해저의 숲을 놓고 그와 소유권을 다툴 사람이 어디 있겠는가?

숲은 나무라고 부를 만한 거대한 식물들로 이루어져 있었으며 모든 식물들이 대양 표면을 향해 위로 뻗어 있었다. 바닥을 덮고 있는 풀이건, 작은 나무의 가지건 바닥을 기거나 아래로 늘어져 있는 것은 하나도 없었다. 심지어 가느다란 줄기 하나, 얇디얇은 풀잎 하나라도 강철 줄기처럼 똑바로 곧게 서 있었다. 이곳은 수직성이 지배하는 왕국이었다.

그곳 식물들 사이에서는 온갖 진귀한 수생 생물들이 마치 움직이는 꽃처럼 오가고 있었다. 촉수가 거의 투명할 정도인 노란 카리오필룸, 말미잘의 무리들, 벌새처럼 이 가지 저 가지를 날아다니는 파리 고기들이 환상적인 분위기를 연출하고 있었다. 그 외에도 턱에 가시가 돋았고 비늘이 날카로운 노란 레피산트와 모노칸티드 무리들이 마치 도요새들처럼 우리들 발밑에서 날아올랐다.

1시쯤 네모 선장이 정지 신호를 보냈고 우리들은 나무 그늘 밑에 다리를 쭉 뻗고 누웠다. 꿀맛 같은 휴식 시간이었다. 단지 대화가 빠진 것이 아쉬울 뿐이었다. 하지만 머리에 헬멧을 쓰고 있었기에 우리는 이야기를 나눌 수 없었다.

4시간 넘게 걸었지만 조금도 배가 고프지 않은 것에 나는 놀랐다. 하지만 그 대신 참을 수 없이 잠이 밀려왔다. 선장과 그의 건장한 부하는 이미 크리스털처럼 투명한 물에 누워 우리에게 시범을 보여주었다. 얼마나 오래 잤는지 모르지만 잠에서 깨어났을 때는 어느새 해가 수평선 너머로 기울고 있는 것 같았다. 네모 선장은 이미 일어나 있었다. 서서히 기지개를 켜던 나는 뜻밖의 광경에 벌떡 몸을 일으켰다.

몇 걸음 떨어진 곳에서 키가 1미터나 되는 무시무시한 괴물 같은 거미게가 사팔눈으로 나를 바라보며 덤벼들 태세를 취하고 있었던 것이다. 바로 그때 콩세유와 노틸러스호 선원이 깨어났다. 네모 선장이 손가락으로 지시하자 선원이 총의 개머리판으로 거미게를 후려쳤고, 곧이어 거미게의 흉측한 다리들이 경련을 일으키며 뒤틀리는 것이 보였다. 이 사건으로 나는 이 심해에는 내가 입은 잠수복으로는 지켜내기 어려운 무서운 동물들이 많이 살고 있으리라는 것을 알 수 있었다. 그때까지 나는 그런 생각을 조금도 하지 않았던 것이다.

우리는 얼마 정도 더 탐험을 계속한 뒤, 귀환 길에 올랐다. 돌아올 때의 길은 갈 때와는 다른 길이었다. 길은 가파르고 험난했지만 우리는 순식간에 해면 가까이까지 올 수 있었다. 우리는 하늘을 나는 새보다 더 수가 많고 활기찬 온갖 종류의 작은 물고기들 사이를 지나쳤다. 우리는 2시간 동안 때로는 모래 평원을, 때로는 걷기가 무척 힘든 해초 초원을 걸었다. 내가 걸음을 거의 떼지 못할 지경이 되었을 때, 어둠을 꿰뚫고 희미한 불빛이 보였다. 노틸러스호의 탐조등이었다.

아, 참, 한 가지 잊은 게 있다. 가는 길에는 총을 쏠 만한 사냥감을 찾지 못해 총의 성능을 확인할 수 없었지만 돌아오는 길에 커다란 해달을 잡을 수 있었던 것이다. 또한 우리가 걷고 있는 모래 평원이 수면에서 2미터도 안 되는 곳까지 올라갔을 때 네모 선장의 부하가 커다란 알바트로스를 총으로 쏘아 맞추었다. 물속에서 하늘을 나는 새를 맞춰 떨어뜨릴 정도로 총의 위력은 대단했다.

제9장

이튿날인 11월 18일 아침, 내가 잠에서 깨어났을 때 피로는 말끔히 가시고 없었다. 그 후 몇 주 동안 네모 선장은 나를 별로 찾아오지 않았고 별다른 큰일도 없이 지나갔다. 콩세유와 네드는 대부분의 시간을 나와 함께 보냈다. 콩세유는 바다 밑에서 본 놀라운 광경에 대해 말해주었고 네드는 부러워했다. 한편, 거의 매일 객실의 금속판이 열려 바닷속을 구경할 수 있었고, 바닷속의 신비는 아무리 자주 보아도 전혀 싫증이 나지 않았다.

하지만 그 신기한 화면에 언제나 경이로운 모습만 보인 것은 아니다. 때로는 난파당한 배의 끔찍한 모습이 보이기도 했다. 특히 배들이 자주 다니는 해역에서는 더 자주 난파선 잔해를 만날 수 있었으며 밑바닥에 가라앉아 녹슬어 있는 대포, 포탄, 닻 등의 쇠붙이들도 볼 수 있었다.

12월 25일, 그러니까 크리스마스였다. 우리는 당연히 배 안에서 크리스마스를 맞았고, 그때 노틸러스호는 뉴헤브리디스 제도 한복판을 지나고 있었다. 그 섬들은 동경 164도에서 168도, 남위 15도에서 2도에 걸쳐 길게 뻗어 있었다. 네드는 크리스마스를 배 안에서 지내야 한다는 사실을 무척 애석하게 생각했다. 그는 크리스마스에 열광하는 신교도였다.

이윽고 해가 바뀌었다. 1868년 1월 1일 이른 아침, 콩세유가 갑판에 있던 내게 찾아왔다.

"주인님께서는 새해 인사드리는 것을 허락해주시겠습니까? 주인님께서 새해 복 많이 받으시기를!"

"콩세유, 자네가 그렇게 인사를 하니 꼭 파리 식물원 내 방에 있는 기분이로군. 기꺼이 자네 새해 인사를 받도록 하겠네. 그런데 자네에게 한 가지 물어보고 싶은 게 있어. '새해 복 많이 받는다'는 말은 무슨 의미로 한 말이지? 우리들의 감금 생활이 끝나기를 빈다는 건가, 아니면 이런 이상한 여행이 계속되기를 빈다는 건가?"

"글쎄요, 정말 뭐라고 말씀드려야 할지 모르겠습니다. 우리

제9장

는 계속 진귀한 것들을 보고 있으며, 앞으로 어떤 것들을 만나게 될지 모릅니다. 두 번 다시 이런 기회는 오지 않을 것입니다. 게다가 네모 선장은 그 라틴어 이름답게 마치 이 세상에 존재하지 않는 사람처럼 우리를 조금도 귀찮게 하지 않습니다. 그래서 감히 말씀드리지만, '복 많이 받는다'는 것은 '모든 것을 다 보게 된다'는 뜻이라고 할 수 있습니다."

"모든 것을 다 본다고? 그러려면 아주 여러 해가 걸릴지도 몰라. 그렇다면 네드의 의견은 어떤가?"

"저와는 정반대입니다. 무엇보다 포도주와 빵과 스테이크가 없는 식사를 견딜 수 없는 모양입니다."

"그래? 나는 이 배에서 주는 음식만으로도 충분한데."

"저도 그렇습니다. 네드가 이 배에서 탈출하고 싶어하는 만큼 저는 이 배에 머물고 싶습니다. 그러니 새해가 네드에게 나쁜 해면 제게는 좋은 해가 될 것이고, 제게 나쁜 해라면 네드에게는 좋은 해가 될 것입니다. 어쨌든 둘 중 한 명에게는 좋은 해가 되겠지요. 아무튼 새해에는 주인님이 원하시는 일이 다 이루어지기를 바랍니다."

나는 이 충실한 하인에게 무언가 해주고 싶었다. 하지만 내가 줄 수 있는 거라고는 악수밖에 없었다. 그는 내 악수를 선물로 받고 내 곁을 떠났다.

우리는 그때 일본 근해를 떠나 오스트레일리아 북동 해안 산호초 지대를 항해하고 있었다. 그곳을 통과한 지 이틀 후 노틸러스호는 파푸아뉴기니를 지났다. 네모 선장이 노틸러스호가 토레스 해협을 지나 인도양으로 갈 것이라는 계획을 밝힌 것은 바로 그때였다. 그가 준 정보는 그것뿐이었지만 네드는 뛸 듯이 기뻐했다. 유럽 쪽으로 가까이 간다는 생각에서였다.

토레스 해협은 매우 위험한 지역으로서 이 세상에서 가장 용감한 선장이라도 감히 들어갈 엄두를 내지 못하는 곳이다. 하지만 노틸러스호는 그곳을 무사히 통과했다.

사실 '무사히'라고 했지만 작지 않은 사고가 있었다. 그 해협을 지나면서 노틸러스호가 잠시 암초에 걸렸던 것이다. 네모 선장은 나흘 후 만조가 될 때까지 기다려야 한다고 말했다. 그러자 네드가 내게 섬에 상륙해보자고 졸랐고 나는 네모 선장에게 부탁했다. 의외로 선장이 선선히 허락했다.

나와 콩세유, 그리고 네드가 섬에 상륙해서 겪은 며칠 동안의 모험에 대해서는 자세히 이야기하지 않겠다. 다만 그 섬에서 바나나, 두리안, 망고, 파인애플, 야자 등의 과일을 푸짐하게 얻었고, 산비둘기 고기, 캥거루 고기를 맛보았다는 사실만 이

제9장

야기해주기로 하자. 네드가 다시 태어난 것처럼 좋아했던 것은 물론이다. 콩세유는 '어쨌든 둘 중 한 명에게는 좋은 해가 되겠지요'라고 말했지만 우리 셋 모두에게 좋은 해가 된 셈이었다.

토레스 해협을 빠져나온 뒤, 노틸러스호는 서쪽을 향해 항해를 계속했다. 1월 11일 우리는 웨셀곶을 돌았고 13일에는 동경 122도에 위치해 있는 티모르해에 도착했다. 노틸러스호는 거기서 남서쪽으로 방향을 틀었다. 배는 인도양으로 향하고 있었다.

과연 네모 선장은 우리를 어디로 데려가려는 것일까? 아시안 해안으로 되돌아가려는 것인가? 유럽 해안으로 가려는 것인가? 사람들과 등을 진 사람이 그럴 가능성은 거의 없어보였다. 그렇다면 훨씬 남쪽으로 내려가 남극까지 갈 것인가? 그런후 다시 태평양으로 돌아오려는 것일까? 하지만 내가 궁금해보았자 소용없었다. 모든 것은 시간이 말해줄 것이다.

1월 16일, 콩세유와 네드와 나는 흥미로운 광경을 목격했다. 노틸러스호는 수면 겨우 몇 미터 아래에서 움직이지 않고 있었다. 객실의 철판은 열려 있었다. 배의 탐조등은 켜져 있지 않았기에 물속은 어두컴컴했다.

그때였다. 우리 배는 갑자기 눈부신 빛에 둘러싸였다. 무수히 많은 인광충 무리가 내는 빛이었다. 그것들이 선체에 부딪치면 더 밝게 반짝거렸다. 그 무리들 한가운데는 마치 용광로 속에서 뜨겁게 가열된 납이 빛나듯 빛나고 있었다. 그에 비해 조금 덜 밝은 부분은 마치 그림자처럼 보였다. 뜨겁지 않은 그 불 속을 돌고래들이 우아하게 헤엄치고 있었으며 온갖 작은 물고기들도 그 빛 속에서 열을 지어 헤엄치고 있었다. 정말 우아하고 현란한 빛이었다. 아아, 바다의 경이여! 바다의 신비여!

1월 19일, 내가 객실에서 노트를 정리하고 있을 때 선장이 안으로 들어왔다. 놀랍게도 그의 얼굴은 깊은 슬픔에 사로잡혀 있었다. 매우 상심한 표정이 역력했다.

그가 내게 다가와 말했다.

"아로낙스 박사, 혹시 의학에 대해서도 아시는 게 있습니까?"

"그렇습니다. 나는 의사이기도 합니다. 병원에서 인턴 생활도 했고 박물관에 들어가기 전에는 몇 년간 개업도 했습니다."

"그렇다면 내 부하 한 명을 치료해줄 수 있겠습니까?"

"기꺼이."

"그렇다면 따라오십시오."

네모 선장은 배 뒤쪽, 잠수복 보관실 가까이에 있는 선실로 나를 안내했다. 그곳 침대에 나이 사십쯤 돼 보이는 사내가 누워 있었다.

고개를 숙이고 살펴보니 단순한 환자가 아니었다. 그는 부상자였다. 상처는 끔찍했다. 뭔가 둔기로 머리를 맞은 듯, 두개골 틈새로 뇌수가 드러나 있었다. 나는 부상자의 맥을 짚어보았다. 맥박이 불규칙했다. 손발은 벌써 차가워지고 있었고 나는 죽음이 임박했음을 알 수 있었다.

"어쩌다 이런 상처를 입은 거지요?"라고 내가 물었다.

"무슨 말로 표현할 수 있을까요!" 하고 선장이 대답했다. "얼마 전에 배가 충격을 받은 걸 못 느꼈습니까? 그때 나사못 하나가 부러졌습니다. 그 나사못이 이 사람을 쳐버린 겁니다. 상태가 어떻습니까? 사실대로 말해도 됩니다. 이 사람은 프랑스어를 못 알아들으니까."

그러고 보니 얼마 전에 내가 가벼운 충격을 느꼈던 것이 기억났다. 나는 선장에게 대답했다.

"이 사람은 2시간 후에 숨을 거둘 겁니다."

"목숨을 구할 방법은 없습니까?"

"없습니다."

네모 선장은 양손을 꽉 움켜쥐었고 그의 눈에서 눈물이 흘렀다. 나는 그가 울 수도 있다는 것을 믿기 어려웠다.

그가 내게 말했다.

"이제 가보셔도 좋습니다, 아로낙스 박사."

다음 날 아침 나는 갑판으로 올라갔다. 갑판에 있던 선장이 내게 다가왔다.

"박사, 나와 함께 바닷속 소풍을 가지 않겠습니까?"

"내 동료들도 함께 갈 수 있을까요?"

"그 사람들이 원한다면. 자, 잠수복으로 갈아입으세요."

그는 어제의 중환자에 대해서는 한 마디도 하지 않았다. 오전 8시였다. 8시 반에 우리는 부하를 열두 명 거느린 네모 선장과 함께 노틸러스호가 정박해 있는 수심 10미터의 해저 바닥에 발을 내디뎠다.

우리는 완만한 경사를 걸어 내려가기 시작했다. 내려가는 동안 나는 눈앞에 펼쳐진 산호 왕국의 화려함에 감탄을 금할 수 없었다. 아아, 그 광경을 어찌 다 말로 표현할 수 있으랴! 나는 가끔 섬세한 촉수로 장식되어 있는 그 살아 있는 꽃부리를 따고 싶은 유혹에 사로잡히기도 했다. 하지만 이 살아 있는 꽃들은 내가 손을 가까이 가져가기만 하면 그 군집한 꽃들 사이에 경보가 퍼졌다. 하얀 꽃부리는 붉은 주머니 속으로 숨어버리거

제9장

95

나 내 눈앞에서 시들어버렸고, 살아 있는 꽃 덤불은 돌로 만든 젖꼭지처럼 변해버렸다.

두 시간 정도 걸어 내려간 뒤 수심 300미터 깊이에 이르자 네모 선장이 멈춰 섰다. 콩세유와 네드와 나도 멈춰 섰다. 이윽고 네모 선장의 부하들이 반원형으로 그를 둘러쌌다. 이제 와 보니 그들 중 네 명이 어깨에 길쭉한 물체를 메고 있었다.

우리가 서 있는 곳은 키 큰 나무들이 자라고 있는 바다 밑 숲 한가운데 넓은 공터였다. 나는 곧 기묘한 장면을 보게 되리라고 짐작할 수 있었다. 나는 바닥을 살펴보았다. 군데군데 도톰하게 솟아오른 것들이 눈에 들어왔다. 규칙적으로 배열된 모습이 분명 자연의 작품은 아니었다. 빈터 한복판에는 돌멩이를 쌓아서 만든 받침대가 있었고 그 위에 새빨간 산호 십자가가 마치 양팔을 벌린 것처럼 세워져 있었다.

네모 선장이 신호를 하자 한 남자가 앞으로 나서더니 허리띠에 묶고 있던 곡괭이를 풀었다. 그리고 십자가로부터 몇 발자국 떨어진 곳에 구덩이를 파기 시작했다. 나는 그제야 모든 것을 알아차렸다! 이곳 공터는 공동묘지였던 것이다! 그 구덩이는 무덤이었고, 기다란 물체는 간밤에 죽은 사내의 시체였다. 네모 선장과 그의 부하들은 이 접근 불가능한 대양의 밑바닥,

공동의 안식처에 그들의 동료를 묻으러 온 것이었다.

　내 가슴은 알지 못할 그 무엇으로 뜨겁게 벅차올랐다. 그것은 진정으로 한 인간을 영원한 고향으로 돌려보내는 의식 바로 그것이었으니! 나는 마치 내 눈에 들어오는 것을 보고 있지 않는 것 같았다.

　이윽고 서서히 구덩이가 깊어지고 넓어졌다. 곧이어 주검이 누울 수 있을 만한 구덩이가 마련되었다. 주검을 멘 사람들이 다가왔다. 주검은 하얀 족사(足絲)로 짠 헝겊에 싸여 수중 무덤으로 내려갔다. 네모 선장과 승무원들은 무릎을 꿇고 기도하는 자세를 취했다. 콩세유와 네드와 나도 고개를 숙였다. 이어서 무덤은 바닥에서 긁어낸 조개와 산호 잔해들로 덮여, 작은 봉분을 이루었다.

　매장이 끝나자 선장과 부하들은 다시 일어서더니 무덤가로 다가가, 마지막 인사의 표시로 그들의 손을 앞으로 뻗었다.

제10장

선원의 무덤마저 그 어떤 인간의 손도 미치지 않는 곳에 마련해놓은 네모 선장! 그는 왜 그렇게 인간 사회에 대해 격렬한 증오와 불신을 보여주는 것일까? 하지만 아무것도 알 수 없었다. 나는 과연 그를 미워해야 하는가, 아니면 존경해야 하는가? 그는 피해자인가, 가해자인가? 그것조차 알 수 없었다. 어쨌든 나는 이 해저 세계 일주 여행을 마치고 싶었다. 아직껏 아무도 보지 못한 것을 보고 싶다는 열망이 나의 그런 의문들을 잠재웠다.

우리는 인도양 물결을 가르고 나아가고 있었다. 인도양은 면적이 5억 5,000만 헥타르에 달하는 드넓은 바다였다. 물이 너무 투명해서 수면을 바라보고 있으면 현기증이 날 정도였다.

노틸러스호는 보통 수심 100미터에서 200미터 사이를 항해하고 있었다. 나는 객실의 크리스털 창을 통해 해저의 풍요로운 광경들을 구경하랴, 서재의 책들을 읽으랴, 일지를 쓰고 정리하랴 바쁘게 지내는 통에 조금도 지루함을 느낄 겨를이 없었다.

1월 21일부터 23일까지 노틸러스호는 하루 평균 250해리를 달렸다. 그리고 24일에는 동경 94도 33분, 남위 12도 5분의 위치에서 킬링섬을 만났다. 그 섬은 찰스 다윈이 방문한 산호섬이었다. 26일 우리는 동경 82도 선상에서 적도를 지나 북반구로 들어섰다. 그리고 28일에는 실론섬을 눈앞에 두게 되었다.

내가 내 방에서 실론섬에 관한 책을 뒤적이고 있을 때 네모 선장이 내게 찾아와 말했다.

"실론섬은 진주로 유명한 섬이지요. 아로낙스 박사, 진주 채취장에 한번 가보지 않으시겠습니까?"

"좋지요."

"그러면 배를 만나르만 쪽으로 돌리라고 하지요. 아마 밤에 도착할 수 있을 겁니다. 지금은 철이 일러 진주를 채취하는 어부는 볼 수 없을 겁니다. 어부들은 3월이 되어야 만나르만에 모입니다. 300척의 배가 한 달 동안 진주를 채취해서 떼돈을 버니, 바다를 착취하는 셈입니다. 혹시 일찍 채취에 나선 한두 명의 어부가 있을지도 모르지요. 그런데 박사, 혹시 상어를 두려워 하지는 않나요?"

"상어요? 솔직히 말씀드리자면 그런 종류의 물고기에는 아직 별로 익숙하지가 않습니다."

"우리는 아주 익숙합니다. 게다가 우리는 무기를 가지고 갈겁니다. 가면서 상어를 몇 마리 잡을 수도 있을 겁니다. 아주 재미있습니다. 그럼 내일 아침 일찍 만나기로 하지요."

상어 사냥이라니! 거대한 상어의 턱이 바로 내 눈앞에 있는 것 같았고 그 상상만으로도 벌써 허리 언저리에 통증이 느껴졌다. 그때 네드와 콩세유가 내 방으로 들어왔다. 나는 그들에게 네모 선장의 제안에 대해 이야기해주었다. 네드는 상어 이야기를 듣더니, 그깟 상어쯤 작살로 얼마든지 해치울 수 있다고 큰소리쳤고, 콩세유는 언제나 그렇듯이 주인님 뜻에 따르겠다고 말했다. 나는 그들 앞에서 겁쟁이 꼴을 보이고 싶지 않아, 내일 함께 진주 채취장에 가보자고 말했다.

이튿날 새벽 4시에 급사가 나를 깨웠다. 나는 얼른 자리에서 일어나 옷을 챙겨 입고 객실로 갔다. 네모 선장과 네드, 콩세유가 이미 나를 기다리고 있었다.

선장이 우리를 갑판으로 데리고 가면서 말했다.

"노틸러스호는 해안에서 멀리 떨어져 있습니다. 우리는 만 나르만으로 가서 잠수하기 좋은 곳에서 바다로 들어갈 겁니다. 잠수복은 거기서 입도록 하지요."

우리는 선원들이 노를 젓는 보트를 타고 만나르섬으로 갔다. 6시가 되자 날이 밝았다. 우리는 곧 고무로 된 잠수복을 입고 산소통을 어깨에 멨다. 네모 선장은 그렇게 깊은 바다로 내려 가지 않을 것이니 램프는 필요 없을 것이라고 말했다.

내가 그에게 물었다. 나는 여전히 상어가 두려웠던 것이다.

"무기는요? 총은 안 가지고 갑니까?"

"총이오? 총을 어디 쓰려고요? 산에 사는 사람들은 칼로 곰 을 잡지 않나요? 자, 여기 단단한 칼이 있습니다. 이걸 허리에 차고 출발합시다."

네드와 콩세유도 나처럼 칼을 허리에 찼다. 네드는 보트에 신고 온 거대한 작살을 흔들어댔다. 선원들이 우리를 한 사람 씩 물속으로 내려 보냈고 우리는 곧 평평한 모래밭에 발을 디 뎠다. 우리는 물속을 걷기 시작했다. 우리가 걸음을 내디딜 때 마다 '모놉테라' 속(屬)의 물고기 떼가 쏜살같이 지나갔다. 꼬리 지느러미로만 헤엄을 치는 진기한 물고기들이었다. 이어서 나 는 몸길이가 1미터 정도 되는 바다뱀을 발견하기도 했다. 우리

제10장

가 걸어가자 점차 모래 바닥이 조약돌이 깔린 도로로 바뀌었고 물고기들의 종류도 달라졌다. 연체동물들과 식충 식물들이 양탄자처럼 바닥을 덮고 있었으며 조개들과 게들이 움직이고 있었다. 1시간 정도 걷자 드디어 수백만 개의 진주조개가 서식하고 있는 곳에 도착했다.

둥근 모양의 '멜레아그리나'라는 진주조개는 껍질이 울퉁불퉁했다. 네모 선장이 수북이 쌓여 있는 진주조개를 가리키자 네드는 본능적으로 허리에 찬 그물을 진주조개로 채우느라 정신이 없었다. 하지만 꾸물거릴 시간이 없었다. 걸음을 멈추지 않은 네모 선장을 뒤따라가야 했기 때문이었다.

선장은 자신만이 아는 길을 따라가고 있는 것 같았다. 상당히 가파른 오르막이었고 이따금 팔을 들어 올리면 팔이 수면 밖으로 나가곤 했다. 그러다 바닥은 다시 급격히 낮아지곤 했다. 어두운 바위 틈에서 마치 무기처럼 기다란 다리를 가진 거대한 갑각류가 우리를 노려보고 있었으며 발밑으로는 온갖 종류의 다족류 생물들이 기어 다니고 있었다.

순간 온갖 종류의 키 큰 해저 식물로 뒤덮인 장엄한 바위 사이에 뚫어져 있는 동굴이 우리 눈앞에 나타났다. 네모 선장은 그 굴 안으로 들어갔고 우리도 뒤따라갔다. 상당히 가파른 길을 따라 내려가자 얼마 후 우리는 바닥에 이르렀다. 마치 둥근 우물 바닥에 도착한 것 같았다. 네모 선장은 그곳에 멈춰서더니 그때까지 내가 알아차리지 못하고 있던 그 무언가를 손가락으로 가리켰다.

그것은 어마어마하게 큰 '트리다크나'라는 진주조개였다. 너비가 2미터도 넘는 것 같았다. 어림짐작으로도 무게가 300킬로그램은 될 것 같았다. 조갯살만 해도 15킬로그램은 넘을 테니 '가르강튀아'처럼 거대한 위를 가진 거인이라 할지라도 그 조개를 한꺼번에 다 먹어치우지는 못할 것이다.

조개껍데기는 반쯤 열려 있었다. 선장은 조개에게 다가가더니 껍질을 닫지 못하도록 단검을 수직으로 세워 놓았다. 그런 후 그는 손으로 조개의 외피를 이루고 있는 얇은 막을 들어올렸다.

그때 나는 보았다. 잎 모양의 주름 사이에 야자열매 크기의 진주가 반짝이고 있었던 것이다! 공처럼 둥근 모양, 완벽한 투명도, 경탄할 만한 광택 등 나무랄 데가 하나도 없는 최상의 보석으로서 아마 그 값은 헤아릴 수조차 없을 것이다. 나는 호기심에 이끌려 나도 모르게 진주를 향해 손을 뻗었다. 하지만 네모 선장이 나를 저지하더니 고개를 가로저었다. 그러고는 재빨리 단검을 빼냈고 조개는 이내 입을 다물었다.

그제야 나는 네모 선장의 의도를 알아차릴 수 있었다. 그는 이 진주를 트리다크나의 단단한 보호막 속에 숨겨둔 채, 조금씩 자라나도록 키우고 있었던 것이다. 이 경탄할 만한 자연의 열매가 익어가고 있는 동굴의 존재를 아는 사람은 네모 선장뿐이었다. 어쩌면 그가 그 연체동물의 살 속에 유리나 금속조각을 넣어서 직접 그 진주를 만들었는지도 모른다. 값으로 치자면 족히 1,000만 프랑이 넘을 것이었지만 그것은 값나가는 보석이라기보다는 자연의 위대한 경이 그 자체였다.

선장은 곧 동굴을 떠났고 우리는 함께 다시 진주조개 밭으로 돌아왔다. 우리는 한가하게 산책하는 사람들처럼 어슬렁거리며 따로 떨어져 걸었다. 각자 자기 취향대로 바닷속 신비를 즐기고 있었을 것이다. 콩세유는 아마 열심히 생물들 분류에 몰두해 있었을 것이다. 나도 마음 내키는 대로 이리저리 돌아다녔다. 나는 이제 상어 따위는 걱정하지 않고 있었다. 내 머릿속에서 지나치게 과장하여 상어를 겁낸 거라고 스스로를 비웃기도 했다.

그런데 선장이 갑자기 걸음을 멈추었다. 선장은 우리들을 보면서 자기 옆 웅덩이 바닥에 웅크리고 앉으라고 지시한 후 손가락으로 어딘가를 가리켰다. 나는 상어가 나타난 건 아닌가 하는 생각에 불안해졌다. 하지만 잘못된 생각이었다. 그가 손가락으로 가리킨 곳에는 살아 있는 인간, 원주민 어부가 한 명 있었던 것이다. 진주 수확 철이 되기 전에 이삭이라도 주우러 온 것이 틀림없었다.

그의 머리 위로는 그가 타고 온 카누가 정박해 있는 것이 보였다. 그는 물에 들어왔다 나갔다 반복하고 있었다. 물에 잘 가라앉도록 원추형의 돌을 발에 끼고 있었으며 카누와 연결된 밧줄로 몸을 감고 있었다. 그것이 그가 가진 도구 전부였다. 그는 대략 5미터 정도의 바닥에 이르자, 서둘러 무릎을 꿇고 닥치는 대로 진주조개를 주워서 바구니에 넣었다. 그런 후 그는 다시 물 위로 올라가 바구니를 비운 후 다시 밑으로 내려왔다. 한 번 작업에 30초 정도의 시간이 걸렸다. 족사(足絲)로 바위에 단단히 달라 붙은 조개를 떼어내야 했기에 그가 한 번에 채취하는 조개의 숫자는 고작 열 개 남짓이었다. 게다가 그 조개들 중 과연 몇 개에서 진주를 발견할 수 있을 것인가!

내가 흥미진진하게 그의 작업을 지켜보던 중이었다. 그가 갑자기 공포에 질린 표정을 했다. 나는 곧 그가 공포에 질린 이유를 알 수 있었다. 거대한 그림자 하나가 그 원주민 위에 나타난 것이다. 거대한 상어였다. 괴물은 입을 벌린 채 지느러미를 힘차게 흔들며 잠수부를 향해 다가왔다. 원주민은 몸을 옆으로 던져 상어의 아가리는 피할 수 있었지만 꼬리 공격은 피하지 못했다. 그는 상어가 휘두른 꼬리에 가슴을 맞고 바닥에 나가 떨어졌다. 단 몇 초 만에 벌어진 일이었다.

상어는 몸을 돌려 다시 원주민을 공격하려 했다. 당장 그를 토막 낼 기세였다. 순간 네모 선장이 벌떡 일어났다. 선장은 단검을 손에 들고 단번에 상어를 향해 헤엄쳐 다가갔다. 상어는 새로운 적수의 모습을 알아보고는 그를 향해 몸을 돌렸다. 선장은 상어의 공격을 피하면서 상어의 배에 단검을 깊숙이 찔러넣었다. 하지만 그것으로 끝이 아니었다. 무시무시한 싸움이 시작되었다.

상어의 상처에서 피가 콸콸 쏟아져 나오고 있었고 바다는 금세 붉은색으로 물들었다. 그 바람에 나는 선장의 모습을 볼 수 없었다. 잠시 후 물이 맑아지자 괴물의 지느러미를 붙잡고 단검으로 배를 연달아 찌르고 있는 용감한 선장의 모습이 보였다. 하지만 상어에게 치명타는 가하지 못하고 있었다.

잠시 후 선장이 거대한 상어의 몸무게에 눌려 바닥에 쓰러지는 게 보였다. 상어가 거대한 양날 절단기 같은 입을 벌리고 선장에게 다가갔다. 만일 그때 네드가 상어에게 달려들어 그 무시무시한 작살을 상어 옆구리에 쑤셔 박지 않았다면 선장은 그대로 끝장이 났을 것이다.

네드 랜드는 상어의 급소를 찔렀고 괴물은 마지막 몸부림을 친 후 숨을 거두었다. 네드 랜드는 상어 밑에 깔린 선장을 구해냈다. 선장은 일어나자마자 원주민에게 달려갔다. 그는 돌멩이를 매단 밧줄을 끊고 원주민을 안은 채 바닥을 힘차게 박차고 물 위로 솟아올랐다. 우리도 그 뒤를 따랐다.

콩세유와 선장이 힘차게 몸을 문질러주자 원주민은 조금씩 의식을 되찾더니 이윽고 눈을 떴다. 그는 네 개의 둥그런 구리로 된 머리가 자기를 내려다보고 있는 모습을 보고 얼마나 놀랐던지! 게다가 네모 선장이 주머니에서 진주 목걸이를 꺼내 그것을 그의 손에 쥐어주었을 때, 그는 얼마나 더 크게 놀랐던지! 가여운 원주민은 바다 사나이의 이 엄청난 적선을 떨리는 손으로 받아 들었다.

선장의 신호로 우리는 다시 귀환 길에 올랐다. 보트는 우리가 출발한 곳에서 우리를 기다리고 있었다. 우리는 선원들의 도움으로 무거운 잠수복을 벗었다.

잠수복을 벗자 선장은 우선 캐나다인에게 감사의 말을 건넸다.

"고맙소, 랜드 씨."

"답례를 했을 뿐입니다. 나도 당신 신세를 졌으니까요."

선장은 희미하게 미소를 지었을 뿐이었다. 우리는 보트에 올랐다. 보트가 노틸러스호를 향해 힘차가 나아가고 있는데 죽은 상어가 물 위로 떠올랐다. 몸길이가 8미터가 넘었고 거대한 아가리가 몸길이의 3분의 1은 차지하고 있는 것 같았다. 놈은 저 무시무시한 인도양의 멜라놉테루스였다. 콩세유는 아마 그 상어를 관찰하면서 연골어류, 판새아강, 상어과, 상어속으로 정확히 분류했을 것이다.

노틸러스호로 돌아온 후 나는 이번 원정에서 벌어진 사건에 대해 곰곰이 생각하기 시작했다. 인간이 싫다며 뭍을 떠났다는 선장이 목숨 걸고 그 인간들 중 한 사람을 구한 사실을 어떻게 이해해야 할까?

내가 선장에게 그 이야기를 하자 선장은 약간 흥분한 어조로 대답했다.

"박사님, 그 원주민은 억압받고 있는 나라의 주민입니다. 나는 그런 사람의 동포이고 내 숨이 멈추는 순간까지 그런 사람의 농포로 남을 겁니다."

제11장

1월 29일 낮, 실론섬은 수평선 아래로 잠겼다. 노틸러스호는 20노트의 속도로 몰디브 제도와 래카다이브 제도 사이의 해협으로 들어섰다.

이튿날인 1월 30일, 우리 배는 아라비아와 인도 반도 사이에 움푹 들어간 오만의 바다를 향해 나아가고 있었다. 네모 선장은 우리를 어디로 데려가는 것일까? 도무지 알 수가 없었다. 네드 랜드도 갈피를 잡을 수 없다는 듯 내게 말했다.

"지금 이 배는 홍해로 들어가고 있습니다. 아직 수에즈 운하가 뚫리지 않았으니 막다른 골목으로 들어가는 셈이지요. 설사 운하가 뚫렸다 하더라도 이처럼 수상한 배가 거길 통과할 수는 없을 겁니다. 이 배는 유럽 쪽으로 가는 게 아니에요."

"낸들 알겠나. 어쨌든 자네는 탈출만을 생각하고 있지 않은 가? 하지만 지금은 기회가 아니야. 그리고 우리가 할 수 있는 건 아무것도 없어."

내 말에 네드도 입을 다물었다.

나흘 동안 노틸러스호는 오만의 바다를 돌아다녔다. 배가 물 위로 오를 때 나는 오만의 최대 도시인 무스카트를 잠깐 볼 수 있었다. 나는 그 도시의 외관을 감탄하며 바라보았다. 둥근 지 붕과 우아한 뾰족탑을 한 이슬람 사원, 새하얀 집들, 요새들이 주변의 검은색 암벽들과 뚜렷한 대비를 이루며 장관처럼 펼쳐 져 있었다.

2월 5일, 우리의 배는 드디어 아덴만으로 들어섰다. 아덴만 은 바브엘만데브 해협을 통해 인도양의 물을 홍해로 쏟아붓는 깔때기 같은 곳이었다. 나는 우리 배가 막다른 골목에 온 셈이 니 이제 되돌아가리라고 생각했다. 하지만 네모 선장은 놀랍게 도 뱃머리를 돌리지 않았다. 2월 7일 우리 배는 바브엘만데브 해협으로 들어섰다. 아랍어로 '눈물의 문'이라는 뜻이며, 길이 가 50킬로미터 밖에 되지 않아 노틸러스호는 전속력으로 단숨 에 그 해협을 통과했다. 이어서 정오 무렵 우리 배는 홍해의 파 도를 가르며 달리고 있었다.

이제 노틸러스호는 아프리카 해안으로 다가갔다. 우리는 객실의 크리스털 창을 통해 감탄사가 절로 나오는 산호 숲을 구경할 수 있었고, 해초들이 모피처럼 뒤덮고 있는 거대한 암반층을 감상할 수 있었다. 나는 객실 창가에서 넋을 잃고 해저의 동식물들을 바라보며 경탄을 감추지 못했다. 나는 우산 모양의 버섯 산호들, 청회색 말미잘들, 피리처럼 수평으로 뻗어 있는 관산호들, 온갖 종류의 조개들에 매혹당했으며 특히 내가 이제까지 한 번도 본 적이 없는 갖가지 종류의 해면들에 특히 눈길을 빼앗겼다.

그곳에는 온갖 형태의 해면들이 있었다. 작은 꽃자루가 달린 해면, 잎 모양의 해면, 둥근 해면, 손가락 모양의 해면 들이 있었으며 어부들은 그 모양에 걸맞게 바구니, 술잔, 씨아, 큰 사슴뿔, 사자 발, 공작 꼬리, 넵튠의 장갑 등의 이름을 붙여주었으니 어부들은 학자라기보다는 시인이라고 할 만했다. 또한 해면 근처에는 온갖 해파리가 떠돌고 있었고, 식탁에도 자주 오르는 맛있는 비르가타 거북이도 있었으며 수많은 물고기 종류는 말할 것도 없었다.

2월 9일 나는 갑판에 있었다. 그런데 네모 선장이 나를 보러 갑판으로 왔다.

그가 내게 물었다.

"어떻습니까? 이 홍해가 마음에 드십니까? 이 홍해가 품고 있는 경이로운 동식물들을 충분히 즐기셨나요?"

"그럼요. 노틸러스호는 이런 연구를 하는 데 안성맞춤입니다. 제가 보기에 이 배는 1세기나 앞서 있습니다. 아마 몇 세기를 앞섰는지도 모릅니다. 제가 한 가지 여쭤봐도 되겠습니까?"

"네, 물어보십시오."

"이렇게 푸른 바다에 왜 홍해라는 이름이 붙었는지 아시나요?"

"여러 가지 설이 있습니다. 14세기 어느 연대기 작가는 이스라엘 민족이 홍해를 건널 때, 기적을 알리는 전조로 바닷물이 붉게 물들었고 그때부터 홍해라고 불렀다고 주장했습니다. 하지만 저는 알투르만 근처에 서식하는 작은 식물들 때문에 그 이름이 붙었다고 생각합니다. 그 식물들 때문에 그 근처 바다는 새빨간 핏빛으로 물듭니다."

"연대기 작가의 시적 상상력도 그럴 듯하지만 선장님 설명이 훨씬 객관적인 것 같군요."

"지금 지중해와 홍해를 연결하는 운하가 건설 중입니다. 하지만 아직 통과할 수는 없지요. 그 대신 당신은 그 운하 서쪽에 있는 포트사이드의 긴 방파제를 구경할 수는 있을 것입니다.

우리가 이틀 후 지중해로 들어가게 되면……."

"지중해라고요?" 하며 내가 깜짝 놀라 소리쳤다.

"그렇습니다, 박사. 놀라시는 것 같군요."

"내가 놀라는 건 이틀 후라는 말씀 때문입니다. 아니, 이틀 만에 아프리카를 한 바퀴 돌아올 수 있단 말입니까?"

"노틸러스호가 희망봉을 돌 것이라고 누가 그랬습니까? 아무리 빨라도 이틀 만에 아프리카를 돌 수는 없지요."

"그렇다면 땅 위로 가기 전에는 불가능하지 않습니까?"

"혹은 그 아래로, 박사."

"'그 아래로'라고요?"

"그렇습니다. 자연의 여신이 저 땅 밑에, 오늘날 인간들이 만들고 있는 긴 터널을 만들어놓았답니다. 나는 그 지하 통로를 '아라비아 터널'이라고 부릅니다. 수에즈 밑에서 시작해서 펠루시움만에서 끝나지요. 해저로 50미터만 내려가면 단단한 암반층이 나오고 거기에 구멍이 뚫려져 있는 겁니다."

"거기 들어가는 게 쉽지는 않겠지요?"

"그렇습니다. 그래서 내가 직접 키를 잡고 지휘합니다. 어때요, 나와 함께 조타실로 가시지 않겠습니까? 배는 곧 잠수할 겁니다."

제11장

113

나는 그를 따라갔다. 독자 여러분이 이미 알고 있듯이 조타실은 갑판 끝에 돌출해 있었다. 조타실은 사방이 2미터가 채 안 되는 작은 방이었다. 그 한복판에 수직으로 놓인 타륜이 작동하고 있었고, 그 타륜은 노틸러스호의 고물로 이어진 키 사슬들과 연결되어 있었다. 사방으로 유리가 끼워진 현창이 나 있어, 그 안에서는 사방을 다 볼 수 있었다.

10시 15분이 되자 선장이 직접 타륜을 잡았다. 검고 깊은 거대한 터널이 눈앞에 뚫려 있었다. 노틸러스호는 과감하게 그 안으로 들어갔다. 배 옆구리에서 익숙지 않은 소리가 들렸다. 경사진 터널을 통해 홍해의 물이 지중해로 맹렬하게 흘러드는 소리였다. 노틸러스호는 화살처럼 빠르게 급류에 휩쓸려 내려갔다. 스크루를 역회전시켜 속도를 늦추려 했지만 소용없었다. 심장이 하도 세차게 뛰고 있어서 나는 심장을 지그시 누르고 있었다.

10시 35분이 되자 선장이 타륜을 놓더니 나를 돌아보며 말했다.

"지중해입니다."

노틸러스호는 단 20분 만에 급류를 타고 수에즈 지협을 통과한 것이다.

이튿날인 2월 12일 배가 해면으로 떠오르자 나는 갑판으로 나왔다. 남쪽으로 5킬로미터 정도 떨어진 곳에 펠루시움만의 윤곽이 떠올랐다. 그때 네드와 콩세유가 갑판으로 올라왔다. 나는 그들에게 우리가 지금 지중해에 와 있다고 말했다. 네드는 처음에는 믿지 않았지만 내가 손가락으로 펠루시움만을 가리키자 그제야 납득했다.

그러자 네드가 다시 탈출 이야기를 했다.

"박사님, 우리가 유럽 가까이 왔으니 이제 탈출할 기회가 온 것입니다. 네모 선장이 우리를 북극이나 오스트레일리아로 데려가기 전에 탈출해야 합니다."

"어떻게 탈출을 한다는 건가? 그런 기회는 오지 않을걸세. 이제 우리가 이 배의 비밀을 모두 알아버렸으니 네모 선장이 감시를 게을리하지 않을 거야. 당분간 그 이야기는 절대 하지 말도록 하게. 그리고 안전한 탈출 계획이 완벽하게 세워지면 그때 이야기하게. 그러면 기꺼이 따라가지."

솔직히 나는 노틸러스호를 타고 모험을 더 하고 싶었다. 물론 이 항해가 언제 어떻게 끝날지, 우리가 과연 다시 우리들의 조국으로 돌아가게 될지 염려가 안 되는 것은 아니었지만 네드의 의견대로 당장 탈출 계획을 세우고 싶지는 않았다. 네모 선장이 네드의 생각을 눈치챘는지, 지중해에 들어온 노틸러스호는 대부분의 시간을 물에 잠겨 보냈고 해안 근처로는 가지도 않았다.

이튿날인 2월 13일 해도를 보니 배는 크레타섬 쪽을 향하고 있었다. 내가 에이브러햄 링컨호에 타기 직전 이 섬에서는 터키의 압제에 저항하는 반란이 일어났었다. 그 후 반란이 어떻게 되었는지 나는 모른다.

그날 저녁 객실에 네모 선장과 단둘이 있게 되었을 때, 그는 무언가 생각에 잠긴 듯 말이 없었다. 그는 객실의 금속판을 열라고 지시했다. 그러고는 방을 왔다 갔다 하며 바닷속을 유심히 관찰했다. 나는 언제나처럼 지중해의 진귀한 물고기들을 즐거운 마음으로 관찰했다.

그때 갑자기 예기치 않은 광경에 나는 놀라고 말았다. 한 남자가 물속에 나타난 것이다. 잠수부 복장의 그 사내는 허리에 가죽 주머니를 차고 있었다.

내가 소리쳤다.

"사람이에요! 조난자란 말입니다! 빨리 구해줘야 해요!"

선장은 내 외침에는 대답도 하지 않은 채, 창가로 다가가 유리창에 얼굴을 댔다. 그 사내가 유리창으로 다가오더니 유리창에 얼굴을 붙이고 우리들을 바라보았다. 그런데 정말로 놀랍게도 선장이 그에게 뭔가 신호를 보냈다. 잠수부는 손으로 화답하더니 곧바로 수면 위로 올라갔고 다시는 나타나지 않았다.

"선장님, 아는 사람입니까?"

"왜요? 알면 안 됩니까? 이곳에 사는 니콜라스라고 하는 사람인데, 이 근처에서 모르는 사람이 없는 유명한 잠수부입니다. 별명이 물고기예요. 땅에서보다 물에서 더 많은 시간을 보내는 사람이지요."

그 말과 함께 선장은 객실의 왼쪽 금속판 곁에 있는 캐비닛 쪽으로 걸어갔다. 선장은 내가 옆에 있는 것도 개의치 않고 캐비닛을 열었다. 캐비닛 안에는 수많은 막대기들이 들어 있었다.

그러나 그것은 그냥 막대기들이 아니었다. 바로 금괴였다. 어마어마한 양의 금괴였다.

선장은 금괴를 하나씩 꺼내더니 옆에 있던 트렁크에 채워 넣었다. 트렁크에 넣은 금만 해도 족히 1,000킬로그램은 넘는 것 같았다. 선장은 트렁크를 닫은 후 그리스 문자로 짐작되는 글자로 곁에다 주소를 썼다. 그런 후 그는 벨을 울렸다. 곧이어 네 명의 사내가 나타나더니 낑낑거리며 그 트렁크를 객실 밖으로 가지고 갔다. 이어서 도르래로 트렁크를 중앙 계단 위로 끌어

올리는 소리가 들렸다. 선장이 내게 몸을 돌리더니 말했다.

"자, 이제 그만 주무실 시간이 된 것 같습니다. 안녕히 주무십시오."

그런 후 그는 객실을 나갔다. 나는 호기심에 사로잡힌 채 내 방으로 왔다.

나는 도무지 잠을 이룰 수 없었다. 저 잠수부의 갑작스런 출현과 금괴 사이에 무슨 연관이 있는 것일까? 그때 배가 전후좌우로 흔들리는 것을 느꼈다. 노틸러스호가 수면 위로 부상하고 있었다. 이어서 갑판에서 사람들 발소리가 들리더니 보트가 내려지고 그들이 보트를 바다에 띄우는 것을 알 수 있었다.

2시간 뒤, 똑같은 소리가 다시 들려왔다. 선원들의 발소리가 들렸고 보트를 제자리에 놓는 것을 알 수 있었다. 곧바로 노틸러스호는 다시 잠수했다.

도대체 네모 선장은 그 많은 금괴를 어디서 손에 넣은 것이고 수백만 프랑의 금괴를 어디로 보낸 걸까?

제12장

네모 선장은 그가 도망치고 싶어했던 나라들에 둘러싸여 있는 지중해를 유독 싫어하는 것 같았다. 노틸러스호는 그곳을 시속 25노트의 빠른 속도로 가로질렀고 네모 선장은 내게 한 번도 나타나지 않았다. 그래서 나는 지중해 해저를 제대로 구경하지 못했다. 급행열차에 탄 채 눈앞을 스쳐가는 풍경을 바라보는 것과 마찬가지였다. 그래도 칠성장어와 가오리, 돔발상어, 철갑상어와 지중해 돌고래, 장수거북 등을 만날 수 있었던 것은 다행이었다.

그렇게 노틸러스호는 이틀 만에 지브롤터 해협을 건넜고 이내 대서양 바다 위에 떠 있었다. 석 달 반 동안 노틸러스호는 자오선 두 개를 합친 것보다 훨씬 먼 거리인 1만 해리를 달려

온 것이다. 우리는 이제 어디로 갈 것인가? 과연 무엇이 우리들을 기다리고 있을 것인가?

우리가 대서양에 들어서자 네드가 내 선실로 찾아왔다. 유럽을 코앞에 두고도 배가 너무 빨리 달리는 바람에 탈출을 꿈도 꿀 수 없었던 그는 불만에 가득 찬 표정을 하고 있었다. 그런 그를 보고 내가 말했다.

"아직 그렇게 절망할 필요는 없어. 우리는 지금 포르투갈 해안을 따라 올라가고 있다네. 프랑스와 영국이 가까이 있단 말일세. 이 배는 남쪽으로 뱃머리를 돌린 게 아니라 북북을 향하고 있어. 곧 탈출을 시도할 수 있을걸세."

그러자 그가 침울한 목소리로 말했다.

"오늘 밤 시도할 겁니다."

나는 그의 말에 솔직히 가슴이 철렁했다. 나는 아직 이 배에서 탈출하고 싶지 않았던 것이다. 그가 말을 이었다.

"그래요, 오늘 밤입니다. 콩세유에게는 이미 말해놓았습니다. 오늘 밤 우리는 스페인 해안에서 몇 킬로미터 떨어진 곳에 있게 될 겁니다. 어두운 밤일 것이고 바람도 바다 쪽에서 불어오고 있습니다. 노와 돛은 보트에 갖추어져 있습니다. 식량도 이미 갖다 놓았습니다. 박사님은 분명 약속하셨고 저는 박사님을 믿습니다. 서재에 계시면 제가 신호를 보내겠습니다."

"하지만 바다가 너무 거칠어."

"사실입니다. 하지만 그 정도 위험은 감수해야 합니다. 행운의 여신을 믿을 수밖에 없습니다. 오늘 밤 10시나 11시쯤에는 바다에 빠져 죽어 있거나 육지에 상륙해 있거나 둘 중 하나일 겁니다. 그럼 오늘 밤에 만나지요."

네드는 거의 얼이 빠져 있는 나를 내버려둔 채 내 방에서 나갔다. 고요한 가운데 두근거리는 내 심장 소리만이 울리고 있었다. 나는 자유를 되찾고 싶다는 욕망과 해저 탐구를 계속하고 싶다는 욕망 사이에서 흔들리며 안절부절못하고 하루를 보냈다. 배는 계속 북상하고 있었다.

저녁을 먹은 후 나는 탈출 준비를 했다. 챙길 것은 별로 없었다. 가져갈 것이라고는 노트뿐이었으니까.

그때였다. 갑자기 덜컥하는 충격이 느껴졌다. 노틸러스호가 대서양 밑바닥에 정박한 것이다. 나는 더욱 불안해졌다. 네드의 신호는 아직 오지 않고 있었다. 나는 그를 찾아가 계획을 미루라고 말하고 싶었다.

그때였다. 서재의 문이 덜컹 열리더니 네모 선장이 들어섰다.

"박사, 여기 계셨군요. 찾아다니던 길입니다. 박사, 혹시 스페

제12장

121

인 역사를 아십니까?"

설사 내가 스페인 역사를 줄줄이 꿰차고 있었다 하더라도 그 상황에서는 단 한 가지 사실도 머리에 떠올릴 수 없었을 것이다. 나는 거의 머리가 텅 빈 상태였다.

"잘 모릅니다." 그냥 입에서 나온 내 대답이었다.

"정말 학자시군요. 학자들은 무식한 법이니까요. 자, 내가 흥미로운 스페인 역사 한 자락을 이야기해드리지요. 1702년으로 돌아가지요. 손가락 하나만 까딱하면 피레네 산맥도 땅속으로 사라지게 할 수 있다고 믿은 당신네 나라 군주 루이 14세가 손자인 앙주 공을 스페인 왕위에 앉힌 것은 박사도 알고 있지요? 필리페 5세라는 이름으로 형편없이 스페인을 다스린 그 왕은 나라 밖에 반대파들이 많았습니다.

1701년 네덜란드와 오스트리아, 영국의 왕실은 헤이그에 모여 협약을 맺습니다. 필리페 5세에게서 스페인 왕관을 빼앗아서 다른 대공의 머리에 씌워주기 위해서였지요. 스페인은 이 동맹에 대항해야 했습니다. 하지만 육군도 해군도 거의 없는 상태였습니다. 그래도 금과 은을 잔뜩 실은 채 아메리카에서 놀아오고 있는 범선들이 제대로 도착만 한다면 돈은 많은 상태였습니다. 1702년에 스페인은 금은보화를 잔뜩 실은 범선들이 항구로 들어오기만 기다리고 있는 상황이었습니다. 동맹국 해군이 대서양을 감시하고 있었기 때문에, 샤토 르노 제독이 지휘하는 프랑스 함대가 이 배들을 호위하고 있었습니다.

배들은 스페인의 카디스로 갈 예정이었습니다. 그런데 영국 함대가 그 근해를 돌아다니고 있다는 것을 알게 된 제독은 배들을 프랑스의 항구로 호송하기로 결정했습니다. 그런데 수송 선단의 스페인 선장들이 이 결정에 반대했습니다. 그들은 어쨌든 스페인의 항구로 돌아가길 원했고, 카디스가 안 된다면 북서쪽 항구인 비고로 가자고 주장했습니다. 의지가 약한 르노 제독은 그 주장을 받아들였고 배들은 결국 비고만으로 들어서게 되었습니다.

하지만 비고만은 사방이 탁 트인 곳이어서 방어에 적합하지 않은 곳이었습니다. 1702년 10월 22일, 영국 함대가 비고만으로 들이닥쳤습니다. 샤토 르노 제독은 열세에도 불구하고 열심히 싸웠습니다. 하지만 중과부적이었지요. 제독은 선단에 실린 보석들이 적의 수중에 넘어가게 되자 범선들에 불을 지르게 합니다. 그 결과 막대한 보물들이 배들과 함께 바다에 가라앉게 된 겁니다."

"그래서요?"하고 내가 물었다. 나는 그때까지도 선장이 왜 그 이야기를 내게 해주는지 짐작조차 할 수 없었던 것이다.

"아로낙스 박사, 우리는 지금 비고만 안에 있습니다. 당신은 이제 그 신비 속으로 들어갈 준비만 하시면 됩니다."

선장은 나보고 따라오라고 했다. 객실은 어두웠지만 투명 유리를 통해 물결들이 반짝거리고 있었다. 나는 밖을 내다보았다.

노틸러스호 주변은 전기 불빛으로 밝게 빛나고 있었다. 모래가 깔린 바닥이 또렷하게 보였다. 잠수복을 입은 선원들이 시커먼 난파선들 사이에서 반쯤 썩은 나무통들과 깨진 상자들을 꺼내느라 바쁘게 움직이고 있었다. 그 통들과 상자들로부터 금괴와 은괴, 금화, 은화와 보석들이 쏟아져 내렸다. 모래밭은 곧 금은보화 천지가 되었다. 선원들은 이 보화들을 짊어지고 노틸러스호로 돌아와 부린 다음, 다시 보화들을 채집하러 갔다.

나는 나도 모르게 선장에게 말했다.

"저 많은 보물들을 여러 사람들에게 나누어줄 수 있다면 수천 수만 명의 사람들이 덕을 볼 수 있을 텐데……. 그들이 참 안됐다는 생각이 드네요."

내 말이 선장의 비위를 건드린 것 같았다. 그는 당장 내 말에 반박했다.

"박사는 저 보물들이 내 손에 들어와서 헛되이 쓰이게 된다고 생각하는 겁니까? 내가 이 보물들을 좋은 일에 쓰지 않을 거라고 누가 그러던가요? 내가 이 세상에 고통받고 있는 사람들, 억압받고 있는 백성들이 있다는 것을 모르는 줄 아시나요? 도움이 필요한 비참한 사람들, 원수를 갚아주어야 할 희생자들이 있다는 걸 모를 줄 아시나요? 도대체 박사는······."

순간 네모 선장이 갑자기 말을 끊었다. 너무 말을 많이 했다는 자각이 든 것 같았다. 하지만 나는 갑자기 모든 것을 이해할 수 있을 것 같았다. 네모 선장이 바닷속에서 이렇게 고립된 생활을 하게 된 이유가 무엇이건 간에, 그도 역시 인간이었다! 그의 심장은 여전히 고통받고 있는 사람들을 위하여 뛰고 있었고, 그의 커다란 자비심은 개인뿐만 아니라 억압받는 민족에게까지 미치고 있었다. 그제야 나는 노틸러스호가 압제자에게 반란을 일으킨 크레타섬을 지날 때, 네모 선장이 보낸 수많은 금괴가 어디로 갔는지 확실히 알 수 있었다.

제13장

이튿날인 2월 19일 네드가 내 방으로 들어왔다. 낙담한 표정이었다. 내가 그에게 말했다.

"네드, 어제는 운이 나빴다고 생각하게."

"그래요! 그 빌어먹을 선장이 하필 우리가 탈출하려는 순간에 배를 바닥에 세워버리다니! 하지만 다 끝난 건 아닙니다. 다음에는 성공할 겁니다."

나는 그에게 지난 밤 일을 이야기해주었다. 보물 이야기를 듣고 그가 흥미를 느껴 탈출 계획을 포기할까 하는 기대에서였다. 하지만 그는 그 광경을 보지 못한 것을 아쉬워했을 뿐 탈출 계획을 접지는 않았다.

그가 내 방에서 나가자 나는 객실로 갔다. 나침반을 보니 불안한 마음이 들었다. 노틸러스호는 남남서 쪽을 향하고 있었다. 유럽으로부터 등을 돌린 것이었다.

밤 11시쯤 뜻밖에도 네모 선장이 내 방으로 찾아왔다.

"아로낙스 박사, 흥미로운 소풍을 나가보지 않겠습니까? 이제까지는 낮에 햇빛이 있을 때만 바다 밑을 구경했지요? 이번에는 어두운 밤에 방문해볼 생각이 없는지요?"

"기꺼이 그러고 싶습니다."

"상당히 피곤할 겁니다. 아주 오랫동안 걸어야 하고 산에도 올라야 합니다."

"선장 말씀을 들으니 더 호기심이 동하는군요. 언제든 선장을 따를 준비가 되어 있습니다."

"그럼 가시지요. 잠수복을 입어야 하니까."

탈의실에 가보니 이번 소풍은 선장과 나 단둘이 하게끔 되어 있었다. 네드도 콩세유도, 다른 선원도 없었던 것이다. 우리는 장비를 갖추었다. 하지만 램프가 준비되어 있지 않은 게 이상해서 나는 선장에게 그 점을 지적했다.

"램프는 필요 없을 겁니다." 그의 대답이었다.

잠시 후 우리는 수심 300미터의 대서양 바닥으로 내려갔다. 바다는 칠흑같이 어두웠다. 그때 네모 선장이 멀리서 빛나고

제13장

127

있는 불그레한 점을 가리켰다. 노틸러스호로부터 3킬로미터 정도 떨어진 거리였으며 희미하게나마 우리의 앞길을 밝혀주고 있었다. 도대체 그 불빛이 무엇인지 궁금하기 짝이 없었지만 헬멧을 쓰고 있어 선장에게 물어볼 수도 없었다.

약 30분쯤 걸어가자 자갈밭이 나타났다. 돌무더기들이 어느 정도 규칙적으로 배열되어 있는 것 같았지만 나는 도무지 납득할 수가 없었다. 어쨌든 우리를 안내해주던 불빛이 점점 더 커지더니 지평선 전체에 타오르고 있었다. 도대체 저 빛은 어디에서 오는 것일까? 길은 점점 밝아지더니 높이가 250미터쯤 되는 산꼭대기에서 하얀 빛줄기가 사방으로 퍼져나가고 있었다.

네모 선장은 망설임 없이 앞으로 나아갔다. 그는 이 어두운 길을 잘 알고 있었다. 나는 그를 확실히 믿고 따라갔다. 내게는 그가 바다의 요정처럼 여겨졌다. 밤 1시쯤 되었을 때 우리는 산의 첫 번째 경사면에 이르렀다. 그 비탈을 오르려면 광활한 잡목 숲 사이에 난 험한 길을 지나가야 했다.

그렇다! 그곳은 죽은 나무들로 이루어진 덤불숲이었다. 바닷물의 작용으로 광물화된 식물들 사이에 거대한 소나무들이 솟아 있었다. 그것은 마치 가라앉은 대지에 아직 뿌리를 내리고 서 있는 일종의 목탄 같았다. 그 잔가지들이 마치 검은 종이를 가늘게 오려낸 것처럼 물속 천장을 배경으로 또렷하게 모습을 드러내고 있었다. 물속에 가라앉아 있는 내륙의 숲! 이런 곳에서 이런 광경을 보게 되다니! 나는 숨이 막혀 왔다.

크고 작은 해초가 우리 앞길을 가로막고 있었다. 해초 사이에는 수많은 갑각류가 우글거리고 있었다. 나는 바위를 기어오르고, 널브러져 있는 나무 기둥을 타 넘고, 나무들 사이에 얽혀 있는 덩굴들을 자르며 앞으로 나아갔다. 물고기들이 놀라서 나뭇가지 사이로 달아났다. 나는 내 눈앞의 광경에 넋을 잃고 피곤한 줄도 몰랐다.

노틸러스호를 떠난 지 2시간 만에 우리는 산림지대를 통과했다. 그리고 우리 머리 위 30미터 높이에 산 정상이 우뚝 서 있었다. 거대한 바위에 깊은 동굴과 구멍들이 파여 있었고, 그 깊이를 알 수 없는 구멍들 속에서 무시무시한 동물들이 움직이는 소리가 들렸다. 내 앞쪽으로 거대한 더듬이가 나타나거나, 소름끼치는 집게발이 동굴 속에서 탁탁 하는 소리를 낼 때마다 나는 하얗게 질렸다. 어둠 속에서 수많은 빛이 반짝거리고 있었다. 바로 굴속에 숨어 있는 갑각류의 눈이었다. 네모 선장은 그 무시무시한 동물들에게 이미 익숙한 듯 관심조차 기울이지 않았다.

우리는 첫 번째 고원에 도달했다. 그리고 그곳에는 정말로 놀라운 것들이 나를 기다리고 있었으니! 그곳에는 장엄한 폐허가 있었다. 자연의 손이 아니라 인간의 손으로 만들어진 것이 틀림없는 폐허가! 비록 그 위를 산호 무리들이 덮고 있는 돌무더기였지만 그것들은 분명 성채와 사원의 모습을 어렴풋이 드러내고 있었다.

천재지변으로 침몰한 이 땅은 도대체 무엇인가? 여기는 도대체 어디란 말인가? 나는 네모 선장에게 물어보고 싶었다. 나는 그의 팔을 잡았다. 하지만 그는 고개를 가로젓더니 내게 산꼭대기를 가리켰다. 흡사 내게 이렇게 말하는 것 같았다.

"갑시다! 좀 더 가야 해요! 더 가야 한다고요!"

나는 온 힘을 다해 그를 따라갔다. 몇 분 후 우리는 이 바위산 전체를 10여 미터 아래로 굽어볼 수 있는 산 정상에 올랐다.

나는 먼 곳을 바라보았다. 건너편에 500미터 높이의 가파른 산이 솟아 있었고, 그곳에서 나오는 강렬한 불꽃이 광활한 평원을 밝게 비추고 있었다. 그렇다! 그것은 단순한 산이 아니라 화산이었다. 정상 15미터 아래 거대한 분화구에서 용암을 토해내고 있었고, 주위로 돌멩이들과 바위들이 폭포처럼 쏟아지고 있었다. 분화구가 토해낸 용암은 불의 폭포를 이루며 물속으로 퍼져나가고 있었다. 그것은 타오르는 불꽃이 아니라 용암 그 자체였다. 불꽃이 되어 타오르려면 공기 중 산소가 있어야 했지만 이곳에는 공기가 없었기 때문이었다.

바로 그 아래, 내 눈앞에 파괴된 도시, 황폐화되고 허물어진 도시가 나타났다. 지붕은 내려앉아 있었고, 사원은 무너지고, 아치는 부서지고, 기둥은 바닥에 누워 있었다. 저 멀리로는 거대한 수로의 흔적이 남아 있었고, 가까운 쪽에는 진흙에 파묻힌 아크로폴리스가 돌출해 있었으며 그곳에는 만신전의 형상들이 새겨져 있는 게 보였다. 또한 다른 쪽 멀리로는 고대 항구의 흔적이 남아 있었고 그 너머로는 무너진 성벽들이 길게 늘어서 있었다.

여기가 어디지? 도대체 나는 지금 어디에 와 있는 것일까? 나는 정말로 알고 싶었다. 당장에라도 머리에 쓰고 있는 헬멧을 벗어던지고 네모 선장에게 물어보고 싶었다. 내가 정말 헬멧에 손을 댔나보다. 네모 선장이 내 곁으로 다가와 나를 말리더니 돌멩이 하나를 집어 들고 검은 현무암 위에 글씨를 썼다.

아틀란티스

마치 섬광이 머리를 뚫고 지나간 것 같았다. 아틀란티스! 바닷속으로 침몰했다는 그 전설상의 대륙! 어떤 사람들은 전설상의 대륙일 뿐이라고, 또 어떤 사람들은 실제로 존재했던 대륙이라고 수없이 논쟁을 벌였던 그 대륙! 그것이 바로 내 눈앞에 있었다. 그렇다. 이곳은 유럽과 아시아와 리비아 바깥쪽, 그러니까 지브롤터 해협 서쪽에 존재했다가 물속으로 가라앉은 땅, 고대 그리스와 최초의 전쟁을 치른 강력한 아틀란티스인들의 땅이었던 것이다.

우리는 꼬박 한 시간 반 동안 그곳에서, 이따금 놀랄 만큼 거세지는 용암의 분출과 그 아래 놓인 평원을 바라보고 있었다. 이윽고 선장이 일어나더니 나에게 그만 가자고 손짓을 했다. 우리는 서둘러 산을 내려갔고 첫 새벽빛에 수면이 어슴푸레 밝아질 때쯤 노틸러스호로 되돌아왔다.

제14장

이튿날인 2월 20일 나는 아주 늦게야 잠에서 깨어났다. 노틸러스호가 어느 쪽을 향하고 있는지 궁금해서 나는 얼른 일어나 나침반을 보았다. 배는 남쪽을 향하고 있었다.

그때 콩세유가 내 방으로 들어왔다. 나는 그에게 어젯밤의 소풍에 대해 이야기해주었다. 우리는 객실로 갔다. 금속판이 열려 있어서 콩세유는 물에 가라앉은 대륙을 얼핏이나마 볼 수 있었다. 나는 아틀란티스 이야기를 콩세유에게 해주었지만 그는 내 이야기를 건성으로 들었다. 그는 크리스털 창을 통해 보이는 물고기들에 온통 사로잡혀 있었기 때문이었다. 물고기들이 지나갈 때마다 그는 현실을 잊고 그 분류에 몰두했다. 사정이 그러니 나도 그를 따라 물고기 연구를 함께 할 수밖에 없었다. 하지만 역시 내 관심을 끌었던 것은 아틀란티스였다. 비록 아틀란티스 전부를 답사하는 것은 불가능하더라도 일부만이라도 내 눈에 단단히 새겨놓고 싶었다. 나는 밤늦게 크리스털 창이 닫힐 때까지 관찰을 계속한 후에 내 방으로 돌아와 잠을 잤다.

다음 날 나는 자리에서 일어나자마자 객실로 갔다. 오전 8시였다. 압력계를 확인하니 노틸러스호는 대양 위에 떠 있었다. 나는 갑판으로 나갔다. 그런데 이상했다. 당연히 햇빛을 볼 수 있으려니 생각했는데 칠흑같이 어두웠다.

'이게 도대체 어떻게 된 거지? 아직 날이 밝지 않았나?'

나는 도무지 갈피를 잡을 수 없었다. 그때 네모 선장의 목소리가 들렸다.

"아로낙스 박사?"

"아, 선장이시군요. 여기가 도대체 어딥니까?"

"땅속입니다."

"땅속이요? 그런데 노틸러스호는 여전히 물 위에 떠 있지 않습니까?"

"그렇습니다. 분명히 물 위에 떠 있지요."

"도무지 어찌 된 영문인지 모르겠습니다."

"잠시만 기다리세요. 탐조등이 곧 밝혀질 겁니다. 곧 사정을

다 알고 만족하시게 될 겁니다."

나는 기다렸다. 탐조등이 갑자기 켜졌다. 노틸러스호는 마치 부두처럼 배열된 일종의 제방 같은 곳 가까이 서 있었다. 배가 떠 있는 바다는 둥근 암벽에 둘러싸여 있는 호수였다. 호수의 지름은 3킬로미터 정도 돼 보였다.

내가 선장에게 물었다.

"우리가 지금 어디에 있는 겁니까?"

"사화산 한복판입니다. 지각 변동이 있자마자 바닷물이 그 안으로 침범해 들어온 거지요. 노틸러스호는 해수면 10미터 아래에 있는 해저 터널을 통해 이 호수로 들어온 겁니다. 정말 안전하고 편리한 피난처이지요. 어디서 불어오는 바람이라도 다 막아줍니다. 어디 이만한 항구가 있을까요?"

"하지만 노틸러스호에게 이런 피난처가 무슨 필요가 있나요? 노틸러스호는 항구가 필요 없잖습니까?"

"맞습니다. 항구는 필요 없지요. 하지만 배가 움직이려면 전기가 필요하지요. 전기를 만들어내려면 석탄이 필요합니다. 이곳은 바로 석탄이 매장되어 있는 지하 탄광입니다. 지질 시대 초기의 나무숲이 있던 곳이지요. 이 무진장한 탄광은 온전히 내 소유입니다. 내 부하들이 잠수복을 입고 석탄을 캡니다. 그리고 여기서 석탄을 태워 나트륨을 만들고, 그걸로 배터리를 충전시킵니다."

"그 작업 광경을 볼 수 있을까요?"

"아니, 이번에는 어렵습니다. 서둘러 해저 여행을 계속해야 하니까요. 이번에는 석탄을 캐지 않을 겁니다. 이곳에 비축해 놓은 나트륨을 가져가려고 들른 것뿐입니다. 그걸 다 싣고 난 후 우리는 곧바로 출발할 겁니다."

이틀날 노틸러스호는 대서양 바다 밑을 항해하고 있었다.

그로부터 20일 가깝게 별다른 일 없이 우리들의 항해는 계속되었다. 그동안 나는 선장을 거의 보지 못했다. 그동안 나와 콩세유가 연구한 어류들은 다른 위도에서 연구한 어류들과 별로 다르지 않았다. 특기할 만한 게 있다면 무시무시한 연골어류인 상어 종류를 많이 볼 수 있었고 돌고래와 향유고래, 수염고래를 자세히 관찰할 수 있었다는 점이었다.

이제 노틸러스호는 우리가 태평양으로부터 떠난 이래 1만 3,000해리를 달려온 셈이었다. 그런데 배는 세계 일주를 끝내기 위해 서쪽으로 뱃머리를 돌리지 않고 남쪽을 향해 계속 내려갔다. 도대체 어디로 갈 작정이란 말인가? 남극으로? 그건 정신 나간 짓이다. 지금까지 남극에 도달하려는 시도는 모두 실패했다. 게다가 지금은 그 시도를 하기에 적절한 시기도 아니었다. 3월 13일은 북극의 9월 13일에 해당하고, 곧 밤만 지속되는 춘분점이 다가오고 있었기 때문이었다.

3월 14일, 우리는 남위 55도를 지나고 있었다. 나는 그곳에서 바다에 떠 있는 얼음장을 발견했다. 이어서 더 커다란 얼음덩어리들이 나타났다.

3월 16일 오전 8시, 노틸러스호는 서경 55도 부근에서 남극권으로 들어갔다. 얼음이 사방을 둘러싸고 있었고 수평선이 얼음에 가려져 보이지 않았다. 얼음이 앞길을 완전히 막아버린 것이다. 그러나 어떤 장애물도 네모 선장을 막을 수 없었다. 노틸러스호는 마치 송곳이나 쐐기처럼 얼음덩어리를 뚫고 지나갔다. 우리가 탄 배는 자체의 엄청난 힘을 이용해서 터널을 뚫고 있었던 것이다.

하지만 그 힘에도 한계가 있었다. 3월 17일 노틸러스호는 스무 번이나 얼음을 깨려고 시도하다가 실패하고 결국 얼음 속에 갇혀버렸다. 얼음들이 서로 뭉쳐 거대한 얼음산을 이루고 있었던 것이다. 관측해보니 우리는 서경 51도, 남위 67도 4분의 위치에 있었다.

제14장

내가 갑판 위에 올라가 망연한 표정으로 얼음산들을 바라보고 있을 때 선장이 내게 다가와서 말했다.

"어떻게 생각하십니까?"

"꽉 갇혀 있는 것 같군요. 앞으로도, 뒤로도 갈 수 없으니까요."

"그럼 우리 노틸러스호가 여기서 빠져나갈 수 없다고 생각하십니까?"

"어려울 겁니다. 남반구는 이제 겨울로 접어들었으니 눈이 녹기를 기대할 수도 없잖습니까?"

"언제나 마찬가지시로군요!" 완연히 빈정거리는 말투였다.

"박사는 언제나 장애물만 보시는군요. 노틸러스호는 여기서 빠져나갈 수 있을 뿐만 아니라 더 멀리까지 갈 겁니다."

"더 멀리 간다고요?" 나는 멍하니 선장을 바라보며 말했다.

"그렇습니다. 남극까지 갈 겁니다."

나도 선장과 마찬가지로 좀 빈정거리는 투로 말했다.

"당신을 믿고 싶군요. 그래요, 난 당신을 믿습니다. 자, 앞으로 나아갑시다. 이 거대한 유빙을 깨버립시다. 만일 그럴 수 없다면 노틸러스호에 날개를 달아줍시다. 그리고 그 위로 넘어갑시나!"

"박사, '그 위로'라고 하셨습니까? 아니, '그 위로'가 아니라

'그 아래로'입니다. 다른 배들이라면 엄두도 못 낼 일도 우리 노틸러스호에게는 장난에 불과합니다. 박사, 남극이 바다인 건 알고 계시지요? 수면은 얼어붙어 있어도 그 밑은 자유롭게 다닐 수 있는 물입니다. 빙산에서 물속에 잠겨 있는 부분과 나와 있는 부분의 비율이 3대 1인 건 알고 계시지요? 저 빙산들의 높이가 기껏해야 100미터 정도 밖에 안 되니까, 물속의 부분은 300미터 정도일 겁니다. 노틸러스호에게 300미터 정도가 무슨 문제가 되겠습니까? 게다가 그곳은 온도도 낮지 않습니다."

"맞습니다." 나는 흥분하여 소리쳤다. "혹시 남극에서도 북극에서처럼 '얼지 않는 바다'를 찾을 수 있지 않을까요?"

"나도 그렇게 생각합니다. 우리 함께 그 미지의 지점을 찾아봅시다."

이윽고 남극 탐험을 위한 준비가 시작되었다. 네모 선장은 잠시도 시간을 낭비하지 않았다. 그는 즉시 부관을 불러 이것저것 지시했다. 부관은 계획을 미리 알고 있었는지 조금도 놀라지 않고 침착하게 행동에 들어갔다.

그러나 부관의 침착함도 콩세유에 비하면 아무것도 아니었다. 내가 그에게 남극으로 갈 거라는 말을 해주었을 때 그는 눈썹 하나 까딱하지 않고 "주인님이 원하신다면"이라고 말했을

제14장

139

뿐이었다.

노틸러스호는 즉시 아래로 내려가기 시작했다. 300미터 정도 내려가자 선장의 말대로 우리는 빙산 밑으로 내려갈 수 있었다. 그래도 노틸러스호는 멈추지 않고 800미터 밑까지 더 내려갔다.

이제 장애물은 없었다. 노틸러스호는 자유롭게 남극까지 직선 항로를 택했다. 서경 52도 위도 상이었다. 우리는 남위 67도 30분으로부터 90도까지 22도 30분을 더 항해했다. 거리로 치면 500해리가 약간 넘는다. 노틸러스호는 평균 25노트의 속도를 유지했다. 이런 속도로 달린다면 40시간 정도면 남극에 도달할 수 있을 것이다. 나는 기대와 두려움에 번갈아 사로잡혀 밤에 제대로 잠을 이루지 못했다.

다음 날, 노틸러스호는 수면으로 올라가려는 시도를 여러 번 했다. 하지만 그때마다 천장을 이루고 있는 얼음에 부딪쳤다. 때로는 900미터 깊이에서 얼음과 만나기도 했다. 빙산의 두께가 1,000미터가 넘는다는 뜻이었다.

그날 밤에도 나는 잠을 이루지 못하고 있었다. 밤 3시쯤 노틸러스호는 유빙과 만나지 않고 50미터 정도의 깊이까지 올라갈 수 있었다. 수면과 우리 배의 거리가 50미터도 되지 않는다는 뜻이었다. 나는 압력계에서 눈을 떼지 않고 있었다. 우리는 여전히 위로 올라가고 있었다.

드디어 기념할 만한 바로 그날, 3월 19일 오전 6시, 객실 문이 열리고 네모 선장이 나타나서 말했다.

"얼지 않는 바다입니다!"

제15장

나는 즉시 갑판으로 뛰어 올라갔다. 오, 그렇다. 남극 한복판의 '얼지 않는 바다'였다! 얼음덩어리 몇 개가 떠다닐 뿐이었고 새 떼들이 하늘을 날고 있었으며 물속에는 수많은 물고기가 헤엄을 치고 있었다. 물빛은 깊이에 따라 짙은 청색부터 올리브색까지 다양했다. 온도계를 바라보니 영상 3도였다.

남쪽으로 15킬로미터 정도 거리에 200미터 높이의 산이 홀로 우뚝 서 있었다. 우리는 뱃머리를 그쪽으로 돌렸고, 1시간 후에 그곳에 도착할 수 있었다. 우리는 섬을 한 바퀴 돈 다음에 해안에서 600미터 정도 되는 곳에 배를 멈춰 세웠다. 좁은 해협이 이 섬과 대륙을 갈라놓고 있었다. 남극에 거대한 대륙이 존재한다고 주장한 학자도 있었는데 어쩌면 그 학설을 뒷받침

하는 대륙인지도 몰랐다.

우리는 보트를 내렸다. 선장과 측량 기구를 든 두 명의 승무원과 나와 콩세유가 보트에 올랐다. 아침 10시였다. 네드는 보이지 않았다. 아마 그는 탈출의 꿈을 꾼다는 것이 불가능한 이곳에서 낭패감에 젖어 있을 것이었다.

보트는 금방 섬의 모래밭에 도착했다. 콩세유가 보트에서 뛰어내리려 하는 것을 보고 내가 말렸다. 나는 선장에게 말했다.

"선장, 이 땅에 첫발을 내디딜 영광은 마땅히 선장 것입니다."

"좋습니다, 박사. 주저 없이 첫발을 내딛겠습니다. 이제까지 그 어떤 사람도 발자취를 남기지 않은 곳이니!"

그 말과 함께 그는 가볍게 모래사장 위로 뛰어내렸다. 그는 바위 위로 올라가 팔짱을 낀 채 말없이 주위를 둘러보았다. 그는 남극 땅을 소유라도 한 듯 무아지경에 빠져 있다가 우리를 돌아보았다.

"자, 박사도 올라오시지요."

그의 말에 나와 콩세유도 보트에서 내렸다. 두 승무원은 보트에 남아 있었다.

안개는 걷히지 않았고 오전 11시가 되었는데도 해는 떠오르지 않았다. 나는 걱정이 되기 시작했다. 해가 뜨지 않으면 아무

제15장

143

것도 관측할 수 없으니, 우리가 남극에 도달할 수 있다는 것을 어찌 알 수 있단 말인가?

정오가 되었지만 해는 조금도 모습을 드러내지 않았다.

"내일 다시" 하고 선장이 짧게 말했다. 우리는 곧 노틸러스호로 되돌아왔다.

이튿날인 3월 20일, 온도계가 영상 2도를 가리켰다. 해는 여전히 모습을 드러내지 않았다. 운명이라면 어쩔 수 없는 일이었다. 내일도 해가 모습을 드러내지 않는다면 관측을 포기할 수밖에 없었다. 내일은 춘분이니, 태양은 앞으로 반 년 동안 수평선 밑으로 모습을 감추고 남극에는 기나긴 밤만이 지속될 것이다.

다음 날 새벽 5시부터 나는 갑판에 올라갔다. 날씨가 맑아져 있었고 네모 선장은 이미 갑판에 올라와 있었다. 아침을 먹은 후 우리는 다시 그 육지로 갔다. 가는 도중 남쪽 바다에서만 사는 세 종류의 고래를 볼 수 있던 것은 행운이었다. 참고래와 혹등고래와 긴수염고래였다.

우리는 9시에 섬에 도착했다. 하늘이 점점 맑아지고 있었고 구름노 널리 남쪽으로 흘러가고 있었다. 선장과 우리들은 섬의 가파른 비탈을 올라가기 시작했다. 산꼭대기에 다다르자 선장은 능숙하게 산의 고도를 쟀다. 관측 지점의 높이도 중요한 요소였기 때문이었다.

12시 15분 전, 태양이 황금빛 원반 모양이 되었다. 네모 선장은 십자선 망원경을 눈에 대고 천천히 태양을 관측했다. 나는 정밀 시계인 크로노미터를 손에 들고 있었다.

"정오입니다"라고 내가 외쳤다.

"남극입니다!" 네모 선장이 엄숙한 목소리로 소리치며 망원경을 건네주었다. 태양이 수평선을 기준으로 정확히 절반으로 갈라져 있었다. 이곳이 남극이라는 확고한 증거였다.

네모 선장은 N이라는 황금색 글자가 새겨진 검은 깃발을 펼쳤다. 그러고는 태양을 향해 소리쳤다.

"잘 가라, 태양이여! 이 드넓은 바다 밑으로 너의 잠을 가져가라! 그리고 반년 동안 나의 이 새로운 영토를 어둠으로 뒤덮게 하라!"

제16장

다음 날인 3월 22일, 출발 준비가 시작되었다. 온도계는 영하 12도를 가리키고 있었다. 바다에 유빙들이 늘어나고 있었다. 겨울이 시작되자마자 도처에서 바다가 얼어붙기 시작하고 있었던 것이다. 서둘러 출발해야 했다.

물탱크를 채운 노틸러스호는 천천히 잠수를 시작했다. 배가 300미터 깊이에 이르자 스크루를 작동시켰고 우리의 배는 북쪽을 향해 바다 밑 항해를 시작했다.

다시 북쪽을 향해 올라가면서 나는 돌아가는 길에도 이제까지 겪은 놀라운 일들이 기다리고 있으리라고 기대했다. 그리고 지금까지의 1만 4,000해리에 달하는 이 놀라운 여행을 다시 한 번 되새겨 보았다. 적도를 따라 지구를 한 바퀴 돈 것보다 더

긴 여행을 하면서 나는 얼마나 야릇하고 무서운 사건들을 많이 겪었는가! 토러스 해협에서 좌초되었던 일, 산호 묘지, 실론섬에서의 상어 사냥, 아라비아 터널, 비고만의 해저 보물, 아틀란티스 대륙에 이어 남극까지! 이 모든 것이 내게는 꿈만 같았고, 실제로 눈을 감으면 내 꿈속에서 꿈속으로 그 모든 것이 날아다녔다.

그러던 어느 날 밤 3시였다. 배가 심하게 흔들리는 바람에 나는 잠에서 깨어났다. 노틸러스호가 무엇에 부딪쳤는지 한쪽으로 심하게 기우는 바람에 나는 방 한복판에 내동댕이쳐졌다.

나는 엉금엉금 기다시피 하며 객실로 갔다. 가구는 모두 넘어져 있었다. 나는 압력계를 확인했다. 360미터 깊이를 가리키고 있었다.

얼마 후 객실로 네드와 콩세유가 나타났고 20분 뒤 선장이 안으로 들어왔다. 내가 그에게 물었다.

"선장, 무슨 문제가 생겼나요?"

"사고입니다."

"심각합니까?"

"그런 것 같습니다. 산더미 같은 빙산이 뒤집혔습니다. 그러면서 그 아래로 지나가던 우리 배에 부딪쳤습니다. 빙산이 배

밑으로 미끄러져 내려가더니 엄청난 힘으로 우리 배를 들어 올려 밀도가 낮은 층에 올려놓았습니다. 배는 지금 거기에 옆으로 누워 있습니다. 물탱크를 비워 배를 평형으로 만들려 하고 있습니다. 그런데 얼음덩어리도 함께 올라오는 게 문제입니다. 그걸 막아야 합니다."

말하자면 우리 배는 얼음덩어리에 올라 앉아 있었고 그 얼음덩어리가 우리를 위로 들어 올리는 형국이었다. 만일 위에 있는 빙원과 밑에 있는 얼음 사이에 우리 배가 끼인다면 납작하게 찌그러질 수도 있었다.

순간 선체가 가볍게 꿈틀 움직였다. 노틸러스호는 정상적인 상태로 조금씩 돌아가고 있었다. 10여 분이 지나자 모든 것이 제자리로 돌아갔다.

"드디어 똑바로 섰군요. 하지만 뜰 수 있을까요?"

"물론입니다. 물탱크를 다 비우고 나면 다시 수면으로 올라갈 겁니다."

하지만 이번에는 그 빈틈없는 선장의 호언대로 되지 않았다. 우리는 물속에 있었던 게 사실이다. 하지만 배 양쪽 10미터 거리에 눈무신 얼음벽이 가로막고 있었다. 위로는 빙원이 가로막고 있었고 아래쪽에도 얼음이 있었으니 얼음 터널 속에 꼼짝

못하고 갇혀버린 것이었다.

선장이 우리들이 있는 곳으로 다시 와서 침착한 어조로 말했다.

"우리가 처한 상황에서는 딱 두 가지 죽는 방법이 남아 있습니다. 첫 번째는 얼음에 눌려 압사하는 것이고, 두 번째는 질식사하는 것입니다. 앞으로 48시간 내에 우리가 저장해 놓은 공기가 바닥납니다. 나는 우선 노틸러스호를 바닥에 내려놓을 것이고, 잠수복을 입은 부하들이 가장 얇은 얼음벽을 부수려 할 겁니다."

이윽고 선장은 객실에서 나갔고 곧이어 노틸러스호는 천천히 300미터 깊이의 얼음 바닥에 내려앉았다.

이어서 작업이 시작되었다. 다들 끈기 있게 열심히 작업에 몰두했다. 네드도 작업에 뛰어들었고, 네모 선장도 그곳에 있었다. 네드는 남들보다 덩치가 커서 금세 눈에 띄었다. 노틸러스호 바로 옆의 얼음을 깨는 것은 어렵다고 판단되었기에 네모 선장은 좌현 8미터 떨어진 곳에 있는 얼음덩어리를 공략했다. 곡괭이질이 시작되었고 얼음덩어리들이 떨어져 나왔다. 얼음은 물보다 가벼워서 떨어져 나온 얼음덩어리들은 곧장 위쪽 얼음 천장으로 떠올랐다.

네드와 일행이 2시간의 중노동을 마치고 기진맥진해서 돌아

제16장

왔다. 작업조가 교대되었고 이번에는 나와 콩세유가 작업에 참가했다. 2시간의 힘든 작업을 끝내고 돌아오니 노틸러스호의 공기에 이산화탄소가 잔뜩 섞여 있음을 알게 되었다. 48시간 동안 공기 공급이 중단되었고, 남은 공기는 오로지 작업자들에 게만 제공되었던 것이다.

그러나 12시간 동안 우리가 파낸 얼음의 두께는 고작 1미터에 불과했다. 이런 식으로 얼음을 깨나간다면 닷새 밤, 나흘 낮이 걸릴 것이었다. 하지만 공기탱크에는 이틀 치 공기밖에 남아 있지 않았다. 상황은 끔찍했다.

밤에 다시 1미터 두께의 얼음덩어리가 떨어져 나갔다. 다음날 낮에 나는 열심히 곡괭이질을 했다. 열심히 일을 하는 것이 오히려 나를 지탱해주었다. 일을 한다는 것은 노틸러스호 밖으로 나가는 것을 의미했고, 그때는 공기탱크에서 공급된 신선한 공기를 마실 수 있었다. 그러나 다시 배 안으로 들어오면 숨이 막혔다. 그날 저녁 네모 선장은 공기탱크를 열어 신선한 공기를 배 안으로 들여보내야만 했다. 만일 그러지 않았다면 우리는 모두 질식했을 것이다.

이튿날인 3월 26일, 열심히 작업한 결과 바닥이 5미터 정도 내려갔다. 그에 비례해서 옆벽과 천장은 눈에 띄게 두꺼워지고 있었다. 27일에는 구덩이가 6미터까지 내려갔다. 이제 4미터 정도만 더 파 내려가면 되었다. 하지만 공기탱크는 이미 바닥이 나고 있었다.

배 안으로 들어오면 참을 수가 없었다. 온몸이 마비되는 것 같았고, 의식이 몽롱해졌다. 콩세유는 그런 내 곁에서 내 손을 잡고 나를 위로해주며 계속 중얼거렸다.

"아아, 주인님이 계속 숨을 쉬실 수 있도록 내가 숨을 참을 수만 있다면!"

그 말을 듣고 나는 눈물이 왈칵 쏟아졌다.

배 안에서는 모두 견디기 힘든 상황이었지만 일에 나설 순서가 되면 우리는 기운을 내서 힘차게 잠수복을 입었다. 팔에 힘이 없고 손에는 물집이 생겼지만 아무도 피곤하고 힘든 내색을 하지 않았다. 그래도 일을 하는 동안에는 허파로 공기가 들어오고 있었던 것이다! 그때는 숨을 쉬고 있었던 것이다!

그렇지만 정해진 시간보다 더 길게 물속에서 일하는 사람은 없었다. 자기 작업이 끝나면 숨을 헐떡이고 있는 동료에게 곧바로 산소통을 넘겨주었다. 선장은 이 규칙을 솔선수범해서 지켰다. 그는 누구보다 먼저 동료에게 산소통을 넘겨주고 배 안으로 들어왔다. 그날 작업이 끝나자 이제 제거해야 할 얼음 두

제16장

151

께는 2미터밖에 되지 않았다. 하지만 공기탱크가 거의 바닥이 나고 있었다. 그 얼마 남지 않은 공기는 오로지 작업자들만을 위한 것이었다.

작업을 끝내고 배로 돌아오자 나는 거의 질식할 것만 같았다. 아아, 얼마나 끔찍한 밤이었던가! 호흡 곤란을 겪은 것은 물론이고, 두통에 현기증이 겹쳐 나는 마치 술 취한 사람처럼 비틀거렸다. 네드와 콩세유도 나와 비슷했고 몇몇 승무원은 거의 숨이 넘어갈 지경으로 숨을 헐떡거렸다.

다음 날, 우리가 얼음 감옥에 갇힌 지 닷새째가 되고 있었다. 네모 선장은 곡괭이질만으로는 얼음덩어리 제거가 너무 늦어질 것이라 판단하고 우리를 물과 가르고 있는 얼음 층을 노틸러스호로 직접 돌파하기로 결정했다. 이 상황에서도 그는 냉정함과 기력을 잃지 않았다. 그는 육체적 고통을 정신력으로 극복하고 있었다. 그는 생각하고, 계획하고, 행동했다.

선장은 모든 승무원들을 배에 타게 했다. 그리고 배의 무게를 줄이라고 명령했다. 물을 비우자 배가 가라앉아 있던 얼음 층에서 위로 올라갔다. 선장은 우리가 제거하려 했던 얼음 층 위로 배를 놓게 했다. 그런 후 물탱크를 열어 물을 채우게 했다.

물탱크 마개를 활짝 열자 수백 입방미터의 물이 배 안으로 쏟아져 들어왔다. 노틸러스호의 무게가 10만 킬로그램 늘어난 셈이었다. 우리는 우리의 고통도 잊고, 여전히 희망을 간직한 채 기다렸고 조용히 귀를 기울였다.

머릿속이 끊임없이 윙윙거렸지만 나는 곧 노틸러스호의 밑바닥이 진동하는 것을 느낄 수 있었다. 수직 강하가 시작된 것이다. 이어서 마치 종이가 찢어지는 것같이 이상한 소리를 내며 얼음이 깨지는 것을 알 수 있었다. 이어서 노틸러스호가 얼음 아래로 내려갔다.

"빠져나가고 있습니다!" 콩세유가 내 귀에 대고 속삭였다. 나는 그의 말에 대답할 수가 없었다. 나는 나도 모르게 그의 손만 움켜쥐고 있었다. 노틸러스호는 그 무게 때문에 마치 바다에 떨어진 포탄처럼 아래로 가라앉고 있었다. 마치 진공 속을 내려가고 있는 것 같았다.

이어서 전력을 모두 가동해 물을 밖으로 빼내기 시작했다. 잠시 후 압력계를 보니 배가 상승하고 있다는 것을 알 수 있었다. 스크루가 전속력으로 돌아가면서 우리의 배를 북쪽으로 이끌었다. 하지만 유빙 아래로 얼마를 더 달려야 '얼지 않는 바다'에 도착할 수 있을까? 하루쯤? 그러면 우리는 모두 그 전에 죽게 될 것이다.

제16장

그런 상태에서 몇 시간을 더 달렸는지 나는 모르겠다. 나는 단말마의 고통에 빠져 있었다. 나는 내가 죽어가고 있음을 알 수 있었다. 그러다 갑자기 정신이 들었다. 공기 몇 모금이 내 허파에 공급된 것이다. 배가 다시 수면 위로 올라온 것일까? 얼음 밑을 빠져 나온 것일까?

아니었다. 나를 살린 것은 네드와 콩세유였다. 그들은 나를 살리기 위해 자신들을 희생했다. 그들은 숨을 헐떡거리면서도 산소통 바닥에 남아 있던 마지막 공기를 나에게 부어 넣어준 것이었다.

나는 시계를 보았다. 오전 11시였다. 노틸러스호는 시속 40노트의 속력으로 쏜살같이 달리고 있었다. 압력계를 보니 수면까지의 거리는 6미터 남짓이었다. 얇은 얼음판만이 우리와 표면 사이를 막고 있을 뿐이었다. 그 얼음판을 깰 수는 없을까? 노틸러스호는 스크루의 추진력으로 거대한 숫양처럼 얼음덩어리 쪽으로 돌진했다. 얼음이 조금씩 깨지고 있었다. 노틸러스호는 다시 뒤로 물러났다가 전속력으로 얼음에 부딪쳤다. 드디어 얼음이 갈라지기 시작했다. 노틸러스호는 최후의 힘을 발휘하여 마침내 열어붙은 수면 위로 올라갔다. 얼음이 배의 무게에 부서져버린 것이다.

배의 해치가 열렸다. 아니다. 열렸다기보다는 뚜껑을 뽑아내
버렸다고 하는 것이 옳을지도 모른다. 맑은 공기가 노틸러스호
안 구석구석으로 밀려들어왔다.

제17장

우리는 모두 곧 원기를 되찾았다. 노틸러스호는 빠른 속도로 달리고 있었다. 벌써 남극권을 벗어나 혼곶 쪽을 향하고 있었다. 3월 31일, 우리는 아메리카 대륙의 남쪽 끝이 보이는 곳에 이르렀다. 우리는 대서양을 통해 북쪽으로 가고 있는 것이 확실했다. 4월 3일까지 우리는 파타고니아 해안과 포틀랜드 제도를 거쳤고 4월 4일에는 우루과이 해안에서 80킬로미터 정도 떨어진 곳에 도착했다. 우리가 태평양 일본 근해를 떠난 이래, 1만 6,000해리를 달려온 것이다.

네모 선장은 계속 빠른 속도로 배를 몰게 했고, 4월 9일 저녁에는 남아메리카의 동쪽 끝인 상로케곶을 통과했다. 그사이 내가 열심히 해저 동물 연구에 몰두했던 것은 물론이다.

4월 16일, 50킬로미터 정도 떨어진 곳에 마르티니크섬과 과들루프섬이 나타났다. 여전히 탈출을 꿈꾸고 있던 네드는 노틸러스호가 난바다 쪽을 항해하자 실망이 이만저만이 아니었다. 우리는 벌써 반년 동안 노틸러스호의 포로로 잡혀 있었다. 네드는 나를 보고 도대체 언제까지 우리를 이 배에 붙잡아둘 것이냐고 직접 물어보라고 했다. 하지만 나는 내키지 않았다. 네모 선장이 친절하게 대답해줄 것 같지 않아서였다. 나는 탈출이야 어찌 되었건 여전히 바닷속 생물 연구에 몰두했다.

4월 20일 배가 수심 1,500미터를 항해하고 있을 때, 수많은 해초가 카펫처럼 뒤덮고 있는 거대한 해저 절벽을 만났다. 바하마 제도 근처였다. 『걸리버 여행기』의 거인 나라에서나 볼 수 있음직한 거대한 수생식물들이었다. 그 식물들 주변에는 다리가 긴 십각류, 자줏빛 게 들이 서식하고 있었다. 그런데 넓은 해초 사이를 떼 지어 헤엄치고 있는 동물들이 보였다.

그것을 보고 내가 콩세유에게 말했다.

"진짜로 문어들 소굴이로군. 괴물 같은 놈들이 나타나도 놀라지 않겠어."

그러자 그가 말했다.

"저는 말로만 듣던 그런 괴물을 한번 보고 싶네요. 커다란 배도 다리로 칭칭 감아 바닷속으로 끌고 들어갈 수 있답니다. 사람들은 그 괴물 문어를 크라켄이라고 부르지요."

그러자 네드가 말했다.

"자네, 그놈을 직접 본 것처럼 말하는군. 어디, 본 적이 있나?"

"내 두 눈으로 똑똑히 봤어."

"어디서?"

"생말로의 교회에서. 바로 그 대왕 문어 그림이었다고."

내가 콩세유 편을 들었다.

"고래보다는 작겠지만 아주 큰 문어 종류가 존재할 가능성은 있어. 트리에스테와 몽펠리에 박물관에는 2미터가 넘는 문어 표본이 전시되어 있어. 몸통이 그 정도 크기라면 다리는 8미터가 넘는다고 봐야지. 그렇다면 정말 괴물이 아니겠나?"

그때였다. 콩세유가 내게 말했다.

"그 괴물은 머리 아래 다리가 여덟 개 달려 있지 않나요?"

"맞아."

"눈이 아주 크고 툭 튀어나와 있지 않습니까?"

"그렇다네."

"입은 앵무새 부리처럼 생겼고, 무시무시하지요?"

"맞아."

그러자 콩세유가 침착하게 대답했다.

"죄송하지만, 저놈이 바로 그 괴물은 아니라 할지라도 그 비슷한 놈은 되겠네요."

그러자 네드가 크리스털 창으로 다가가며 소리쳤다.

"맙소사! 정말 징그럽네요!"

나도 창을 통해 밖을 바라보았다. 순간 혐오감이 이는 것을 어쩔 수 없었다. 길이가 8미터는 족히 됨직한 거대한 문어였다. 거대한 청록빛 눈이 우리를 노려보고 있었으며 머리에는 여덟 개의 다리가 달려 있었다. 그리고 그 다리 안쪽에 달려 있는 빨판들이 또렷이 보였다. 20톤 내지 25톤의 무게는 나갈 것 같았다.

나는 그놈을 만난 것이 행운이라고 생각하고 재빨리 그림을 그리기 시작했다. 그때였다. 다른 무리의 문어들이 우현 쪽 창문에 나타났다. 얼핏 세어보니 일곱 마리였다.

그때 갑자기 노틸러스호가 멈추었다. 잠시 후 네모 선장이 부관과 함께 객실로 들어왔다. 그는 말없이 크리스털 창 쪽으로 다가가더니 문어들을 바라보고는 부관에게 몇 마디 했다. 부관이 나갔다. 금속판이 다시 닫혔고 천장에 불이 켜졌다.

"아주 흥미로운 문어 무리들이군요"라고 내가 선장에게 말했다.

"그렇습니다, 자연주의자 박사님. 우리는 놈들과 일대 육박전을 벌여야 합니다."

"육박전이오?" 내가 놀라서 되물었다.

"그렇습니다, 박사. 스크루가 멈췄습니다. 저놈들 중 한 녀석이 스크루의 날을 물고 놓아주지 않는 것 같습니다. 그래서 배가 멈춘 겁니다."

"그래서 어떻게 하실 겁니까?"

"우선 배를 물 위로 올려야지요. 저놈들 살이 물렁물렁해서 전기총은 소용이 없습니다. 도끼로 공격할 겁니다."

"그리고 작살도. 선장님이 내 도움을 받아들인다면……." 네드 랜드의 말이었다.

"좋습니다. 랜드 씨."

그사이 배는 수면 위로 떠올라 있었다. 우리는 모두 갑판으로 향했다. 갈고리 모양의 도끼로 무장한 열 명의 승무원들이 공격 준비를 갖추고 있었다. 콩세유와 나도 도끼를 집어 들었고 네드는 작살을 단단히 움켜쥐었다.

층계 꼭대기에 있던 수병 한 명이 해치의 볼트를 풀었다. 그런데 볼트가 풀리기 무섭게 해치의 뚜껑이 휙 열려버렸다. 문어 한 마리가 해치를 잡아당긴 것이 분명했다. 그러자 곧장 긴 다리 하나가 뱀처럼 입구를 통해 안으로 들어왔고 스무 개가 넘는 다리들이 해치 위에서 꿈틀거리고 있었다. 네모 선장이 당장 도끼로 놈의 무시무시한 다리를 잘랐고, 잘린 다리는 뒤틀리면서 층계를 미끄러져 내려왔다.

우리는 모두 함께 갑판 위로 올라갔다. 그런데 바로 그 순간이었다. 문어 다리 두 개가 허공을 가르며 날아오더니 네모 선장보다 앞장서 가던 선원의 몸을 휘감아버렸다. 선장이 무서운 고함을 내지르며 뛰쳐나갔다. 우리도 서둘러 선장의 뒤를 따랐다.

아아, 얼마나 끔찍한 광경이었나! 문어는 그 불운한 선원을 빨판에 찰싹 붙인 채 허공에서 멋대로 휘두르고 있었다. 선원은 숨이 막혀 캑캑거리면서 소리를 질렀다.

"사람 살려! 사람 살려!"

프랑스어였다. 나는 크게 놀랐다. 나는 이 배에 동포와 함께 있었던 것이다. 어쩌면 더 많이 있을지도 몰랐다. 그의 절망에 빠진 고함 소리는 평생 내 귀를 맴돌 것이다!

네모 선장이 문어에게 달려들었다. 그리고 도끼로 그 문어의 다리를 내리쳐 잘랐다. 부관과 승무원들도 뱃전으로 기어오르는 다른 괴물들과 열심히 싸우고 있었다. 네드와 콩세유와 나도 각자의 무기로 문어 살덩어리들을 쑤셔댔다.

이제 불쌍한 승무원을 휘감고 있던 괴물의 다리 여덟 개 중

제17장

161

일곱 개가 잘려 나갔다. 그가 곧 구출될 것만 같았다. 하지만 그를 휘감고 있는 다리는 여전히 공중에서 꿈틀거리고 있었다. 네모 선장과 부관이 온 힘을 다해 마지막으로 놈에게 달려드는 순간, 놈이 먹물을 내뿜었다. 눈앞이 캄캄했다. 다시 시야가 트였을 때는 괴물이 선원을 데리고 사라지고 없었다.

우리는 그 괴물을 향한 증오심에 그 얼마나 몸을 떨었는가! 우리는 모두 그 증오심을 맘껏 폭발시켰다. 열 마리 이상의 문어들이 노틸러스호 갑판과 뱃전을 공격하고 있었다. 우리들은 피와 먹물 범벅이 된 갑판 위에서, 징그럽게 나뒹구는 다리들 한복판에서 열심히 싸웠다. 네드 랜드의 작살이 번득일 때마다 문어의 눈을 정확하게 꿰뚫었다. 하지만 그 용맹한 친구가 괴물의 다리를 미처 피하지 못해 바닥에 나동그라졌다. 문어가 그 무시무시한 입을 네드 랜드 앞에서 떡 벌리고 있었다. 그 용감한 친구가 당장 두 동강이 날 판이었다. 나는 네드를 도우러 달려갔다. 하지만 선장이 한발 빨랐다. 선장의 도끼가 괴물의 거대한 턱 사이에 박혔고 네드는 목숨을 건졌다. 네드는 재빨리 일어나더니 문어의 심장에 작살을 꽂았다.

"내가 진 빚이 있었지요"라고 선장이 캐나다인에게 말했다.

전투는 15분간 계속되었고 괴물들은 물속으로 사라졌다. 피

범벅이 된 네모 선장은 탐조등 옆에 서서, 자기 동료 한 명을 삼켜버린 바다를 말없이 바라보고 있었다. 눈에서 굵은 눈물방울이 흘러내리고 있었다.

잠시 후 그는 자기 방으로 돌아갔고, 그 후 얼마 동안 나는 선장의 모습을 보지 못했다. 그때 선장의 심정이 어떠했는지는 노틸러스호의 항해 모습이 뚜렷이 보여준다. 우리의 배는 더 이상 일정 항로를 유지하지 않고 이리저리 되는 대로 왔다 갔다 했다. 네모 선장의 마음이 흔들리고 있다는 증거였다.

제18장

그런 식으로 열흘이 지나갔다. 네모 선장은 5월 1일이 되어서야 다시 확실하게 북쪽으로 진로를 잡았다. 5월 8일 우리는 노스캐롤라이나주의 해터러스곶 앞바다에 있었다. 배에는 우리를 감시하는 사람이 없어진 것 같았다. 그런 상황에서라면 탈출이 가능할 것도 같았다. 하지만 날씨가 너무 나빴다. 이런 날씨에 바다에 뛰어드는 것은 자살행위와 마찬가지였고 네드도 내 의견에 동의했다.

5월 12일, 우리는 거센 폭풍우를 만났고 5월 15일, 우리는 아메리카 대륙 최북단 뉴펀들랜드 뱅크의 남쪽 끝을 지나고 있었다. 그곳에서 노틸러스호는 동쪽으로 진로를 잡았다. 사실은 동쪽이라기보다는 동북쪽이라고 하는 것이 더 정확할 것이다.

5월 28일 우리는 아일랜드에서 150킬로미터 떨어진 곳에 있었다. 선장은 그때까지 모습을 보이지 않았다. 북쪽으로 올라가 영국에 상륙하려는 것일까?

아니었다. 배는 다시 남쪽으로 진로를 잡더니 유럽 해역으로 향했다. 그렇다면 노틸러스호는 과감하게 영국 해협으로 들어가려는 것일까? 내게 프랑스 해안을 보여주려는 것일까? 5월 30일 노틸러스호는 왼쪽으로 영국의 최남단인 랜즈엔드곶과 오른편으로 실리 제도 사이를 지나쳤다. 영국 해협으로 들어서려면 거기서 동쪽으로 방향을 틀어야 할 것이다. 하지만 노틸러스호는 그렇게 하지 않았다.

5월 31일 노틸러스호는 온종일 수면 위를 맴돌았다. 내게는 호기심이 잔뜩 돋을 수밖에 없었다. 어딘가 정해놓은 지점을 찾는 것 같았다. 다음 날도 똑같은 행로를 계속했다. 선장은 분명 대양 한가운데 어느 지점을 찾고 있었다. 동쪽 15킬로미터 지점에 증기선이 수평선으로 나타난 것이 보였다. 깃발이 보이지 않아 국적은 알 수 없었다.

나는 그때 갑판에 있었다. 선장이 나타나 위치를 측정하더니 내게 말했다.

"바로 여기입니다."

그는 다시 내려갔다. 그 배가 가까이 오는 것을 그도 본 것일까? 하지만 알 수 없었다.

나는 객실로 돌아왔다. 노틸러스호에 물이 차고 배가 잠수하고 있었다. 몇 분 후 배는 833미터 깊이에서 멈추더니 바닥에 내려앉았다. 곧이어 천장의 불이 꺼지고 금속판이 열렸으며, 나는 창문을 통해 훤하게 밝혀진 바닷속을 볼 수 있었다. 그러자 돛대가 부러진 배의 형태가 또렷이 보였다. 앞부분부터 먼저 가라앉은 것 같았다. 저 배는 무슨 배일까? 노틸러스호는 왜 저 배의 무덤을 찾아온 것일까? 내가 생각에 잠겨 있는데 옆에서 네모 선장의 목소리가 들려왔다. 어느새 객실로 들어온 것이다.

"저 배는 한때 '마르세유호'라고 불렸던 배이지요. 대포 74문을 장착하고 1762년에 진수된 배입니다. 여러 전투에 참가해 공을 세웠습니다. 1868년 5월 31일, 저 배는 영국 함대와 전투를 치르다가 세 개의 돛 가운데 두 개를 잃었습니다. 선장과 승무원들은 항복하는 대신 모두 침몰해버리는 쪽을 택했습니다. 배는 '공화국 만세!'라는 함성과 함께 물속으로 사라졌습니다."

나는 나도 모르게 소리를 질렀다.

"'방죄르호!'"

방죄르는 '복수하는 사람'이라는 뜻이다.

"그렇습니다, 박사님. 방죄르호! 참 멋진 이름이지요."

방죄르호라고 말하면서 힘주어 내뱉은 그의 말이 내게 더없이 깊은 인상을 주었다. 그렇다. 네모 선장과 이 배의 승무원들은 단순히 세상을 혐오하는 염세주의자들이 아니었다. 시간이 흘러도 좀처럼 줄어들지 않는 그 어떤 숭고한 증오심 때문이었다. 그 증오심은 여전히 복수를 원하고 있는 것일까? 하지만 아직 알 수 없었다. 오로지 시간만이 답을 해줄 수 있을 뿐이었다.

노틸러스호는 천천히 수면 위로 떠올랐다. 그 순간 묵직한 폭발음이 들렸다.

"선장님?" 내가 그에게 의문의 말꼬리를 날렸다. 하지만 그는 대답하지 않았다.

나는 갑판 위로 올라갔다. 콩세유와 네드가 벌써 위에 올라와 있었다. 나는 좀 전에 보았던 배 쪽으로 시선을 향했다. 아까보다 더 가까워졌고 분명 전속력으로 달려오고 있었다. 그 배와 우리 간의 거리는 이제 10킬로미터 정도밖에 되지 않았다.

"어디서 폭발음이 난 거지?" 하고 내가 물었다.

그러자 네드가 대답했다.

"대포 소리입니다."

제18장

167

배가 점점 더 가까워지자 배에 갖추어진 장비들과 낮은 돛대로 보아 전함이 틀림없다고 네드가 말했다. 두 개의 굴뚝에서 검은 연기가 뭉게뭉게 피어오르고 있었다. 배가 빠른 속도로 다가오자 네드가 말했다.

"박사님, 저 배가 1킬로미터 안으로 다가오면 나는 바다로 뛰어들 겁니다. 박사님도 저를 따라 하세요."

그가 말을 끝냈을 때 하얀 연기가 전함의 이물에서 뿜어져 나왔다. 몇 초 뒤 뭔가 무거운 물체가 바다로 떨어진 듯 잔잔하던 물이 출렁거렸다. 잠시 후 요란한 폭발음이 귀청을 때렸다.

"뭐야! 우리에게 대포를 쏘고 있잖아! 우리가 조난당한 사람인 줄 모르는 거야!" 네드의 말이었다.

그러자 콩세유가 여전히 침착한 목소리로 말했다.

"그러니까 저 배는 우리를 일각고래로 알고 있는 겁니다."

일각고래! 그렇다! 그때 패러것 함장은 작살로 공격했던 일각고래가 자연의 산물보다 훨씬 위험한 잠수함이라는 것을 알아차렸을 것이다. 그렇다면 모든 것이 자명했다. 우리가 타고 있는 노틸러스호는 이제 전 세계의 모든 바다에서 추적을 당하고 있을 것이다!

그렇다면 네모 선장이 이곳을 떠돈 것은 복수를 위해서란 말인가? 산호 묘지에 묻힌 사내는 바로 노틸러스호를 공격하려던 배와의 충돌로 희생된 것이란 말인가? 그렇다면 정말 무서운 일이다.

그러는 중에도 우리들 주위로 날아오는 포탄의 수는 점점 늘어나고 있었다. 하지만 그 어느 것도 노틸러스호까지는 미치지 못했다. 네드는 흰 손수건을 들고 공중에 흔들었다. 하지만 그가 손수건을 흔들기 무섭게 강철같이 강한 손이 네드를 붙잡더니 갑판 위에 내동댕이쳤다.

네모 선장이었다. 그가 소리쳤다.

"이런 비열한 놈! 노틸러스호가 저 배를 향해 돌진할 때 맨 앞머리에 네 놈을 매달아줄까?"

네모 선장의 입에서 나오는 말도 끔찍했지만 그의 표정은 더욱 끔찍했다. 얼굴빛이 창백했으며 동공이 무섭게 응축되어 있었다.

내가 황급히 선장에게 물었다.

"선장, 그렇다면 저 배를 공격하실 작정이십니까?"

"그렇소. 침몰시킬 거요. 저 배가 먼저 공격했고 나는 반격할 거요."

내가 무슨 말인가 꺼내려고 하자 그가 나를 제지하고 말했다.

제18장

169

"내게는 그럴 권리가 있소. 나는 법이고 정의오. 나는 핍박받은 사람이고 저들은 압제자이오! 내가 사랑하고 아끼던 모든 것이 저들 손에 사라졌소. 내 조국이 저들 손에 사라졌고, 내 아내, 내 아이들, 내 부모 모두 저들 손에 의해 내 눈앞에서 죽었소. 내가 증오하는 모든 것들이 저기 있는 것이오. 그러니 아무 소리 말고 안으로 들어가 있으시오."

우리는 그의 말에 복종할 수밖에 없었다. 열다섯 명 정도의 수병들이 네모 선장 주변에 모여 있었다. 그들의 눈에는 다가오는 배를 향한 증오심이 이글거리고 있었다.

우리가 아래로 내려가자 해치가 쾅 하고 닫히는 소리가 들렸다. 이어서 그들도 곧 아래로 내려왔고 노틸러스호가 잠수하기 시작했다. 우리는 온전히 갇힌 신세가 되어, 앞으로 벌어질 참극을 구경하는 수밖에 없었다. 노틸러스호는 목재가 그대로 드러나 있는 선체 아래를 공격하려 하는 것이 틀림없었다.

노틸러스호의 속력이 갑자기 빨라졌다. 이제 도약을 시작한 것이었다.

내가 갑자기 비명을 질렀다. 충격이 일어났다. 하지만 비교적 가벼운 충격이었다. 나는 노틸러스호의 강철 몸체가 힘차게 선체를 꿰뚫는 것을 느낄 수 있었다. 배가 갈라지는 뿌지직 소리와 삐걱거리는 소리가 들렸다. 노틸러스호는 그 엄청난 추진력으로 바늘이 옷감을 뚫듯이 손쉽게 범선을 꿰뚫어버렸다.

나는 흥분하고 당황해서 내 방을 뛰쳐나와 객실로 갔다. 네모 선장이 그곳에 있었다. 그는 음울하고 냉혹한 표정으로 측면의 크리스털 창을 바라보고 있었다.

거대한 선체가 침몰하고 있었으며, 노틸러스호도 그 배의 최후를 샅샅이 바라보려는 듯, 함께 내려가고 있었다. 내 10미터 눈앞에서 배가 두 쪽으로 쪼개지고 있는 모습이, 바닷물이 폭포처럼 그 안으로 쏟아져 들어가는 모습이, 두 줄로 늘어서 있는 대포와 난간들이 보였으며, 갑판 위에서 우왕좌왕하고 있는 사람들의 검은 그림자가 보였다.

배에 물이 차올랐다. 불행한 사람들은 밧줄과 돛에 매달렸고 물속에서 허우적거렸다. 바닷물의 침공을 받은 배는 그대로 물에 잠긴 거대한 개미탑이었다.

갑자기 폭발음이 들렸다. 그리고 갑판이 날아갔다. 그 폭발력에 노틸러스호가 옆으로 밀렸다. 이제 그 불운한 군함은 더욱 빨리 가라앉았다. 희생자들이 잔뜩 매달린 돛대가 내려가고, 마지막으로 주 돛대마저 내려앉았다. 그와 함께 그 검은 형체는 시야에서 사라졌다. 수많은 승무원들과 함께……

제18장

모든 것이 끝나자 선장은 객실을 나가 자기 방으로 돌아갔다. 나는 눈으로 그를 좇았다. 그가 문을 열자 방 안이 보였다. 방 저 안쪽에 아직 젊은 부인과 두 아이들의 초상화가 걸려 있었다. 선장은 초상화를 잠시 바라보더니 두 팔을 내뻗었다. 이어서 그는 무릎을 꿇더니 오열하기 시작했다.

제19장

이제 노틸러스호 안에는 어둠과 정적만이 흐르고 있었다. 나는 네모 선장에게 이루 말할 수 없는 두려움을 느꼈다. 그가 인간으로서 어떤 고통을 겪고 있다고 할지라도 이런 식으로 벌을 줄 권리는 그에게 없었다. 그는 나를 자신의 복수의 공범은 아닐지라도 목격자로 만들었다. 그것만으로도 나는 견딜 수 없었다.

노틸러스호는 시속 40킬로미터의 속력으로 북쪽으로 달아나듯 달리고 있었다. 지도를 보니 영국 해협을 지나고 있었다. 저녁때까지 우리는 대서양을 200해리나 달렸다. 그날부터 노틸러스호가 북 대서양의 어디로 우리를 데려갔는지 누가 알 수 있을까? 나는 우리 배가 어디로 가는지도 모르는 채 속절없이 갇혀 있었다.

노틸러스호가 그렇게 목적 없이 달린 것이 2~3주였는지 아니면 그 이상이었는지도 나는 모르겠다. 큰 재앙이 일어나 우리 앞길을 막지 않았다면 그런 식의 항해가 얼마나 더 계속되었을지도 나는 모른다. 네모 선장은 물론이고 그 어느 승무원의 모습도 그림자조차 볼 수 없었다. 평면도 위에 우리 위치조차 표시되지 않았다. 나는 우리가 어디 있는지조차 알 수 없었다.

어느 날 자리에서 눈을 떠보니 네드 랜드가 나를 굽어보고 있었다. 그가 내게 나지막한 목소리로 말했다.

"도망칩시다!"

나는 몸을 벌떡 일으켰다.

"언제?"

"오늘 밤입니다. 동쪽 30킬로미터쯤 떨어진 곳에 육지가 있는 것을 오늘 아침 얼핏 보았습니다."

나는 그에게 선뜻 대답했다.

"그래, 오늘 밤 탈출하세. 바다가 우리를 삼켜버린다 할지라도……."

"오늘 저녁 10시에 보트가 있는 곳으로 오세요. 콩세유와 제가 거기서 기다리겠습니다. 바다가 아무리 거칠어도 30킬로미터 정도는 보트로 갈 수 있습니다. 승무원들 모르게 식량도 갖다 놓았습니다."

말을 마친 그는 밖으로 나갔다. 나는 박물관에 수집되어 있는 자연의 경이들과 귀중한 예술품들을 마지막으로 둘러보았다. 그것들에 대한 기억을 마음속 깊이 새겨놓고 싶었다. 그런 후 나는 내 방으로 돌아왔다.

나는 내 방에서 튼튼한 선원복으로 갈아입었다. 나는 내 노트들을 챙겨 몸에 단단히 묶었다. 그런 후 침대에 누워, 노틸러스호에 탄 이래 겪은 모험들을 되새겼다. 그 모든 장면들 뒤로 네모 선장의 얼굴이 크게 떠올랐다. 그 얼굴이 지나치게 커지더니 일종의 초인적인 형상이 되었다. 그는 나와 같은 종류의 사람이 아니었다. 그는 물의 사람이었고 바다의 정령이었다.

이윽고 약속한 시각이 되었다. 망설일 시간이 없었다. 복도를 걷다가 네모 선장을 만나더라도 하는 수 없었다. 나는 중앙 복도를 살금살금 걸어 객실로 갔다. 거기서 오르간 소리가 들려왔기 때문이었다. 네모 선장이 틀림없었다. 뭐라고 형언할 수 없을 정도로 구슬픈 곡조였다. 세상과 이어진 그 어떤 끈이라도 끊어버리고 싶어하는 사람의 영혼의 넋두리였다. 나는 그 곡조에 이끌려 나도 모르게 발길이 객실을 향했다.

나는 살며시 문을 열었다. 선장의 모습이 보였다. 선장은 오르간 앞에서 일어나더니 내 쪽으로 다가왔다. 사람이 걷는다기보다는 유령이 미끄러지는 것 같았다. 선장의 흐느끼는 것 같은 목소리가 들렸다.

"오오, 전능하신 하느님! 이것으로 됐습니다! 이제 충분합니다!"

그의 양심의 속삭임이었을까?

순간 나는 정신이 들었다. 꾸물거릴 시간이 없었다. 나는 중앙 계단을 올라 보트에 이르렀다. 네드와 콩세유가 나를 기다리고 있었다.

"자, 떠나자고!"

"네, 지금입니다."

네드는 선체 출입구를 닫고 볼트로 조였다. 그런 후 보트의 출입문을 닫았다. 이제 배를 출발하기만 하면 되었다. 그때였다. 안에서 사람들이 웅성거리는 소리가 들렸다. 들킨 것일까? 네드 랜드는 내 손에 단검을 쥐어주었다. 하지만 승무원들의 웅성거림은 우리 때문이 아니었다.

그들은 이렇게 외치고 있었다.

"멜스트롬! 멜스트롬!"

멜스트롬이라니! 그 상황에서 그보다 더 무서운 말이 있을 수 있을까? 그렇다면 바로 이곳이 노르웨이 해안의 그 유명한 지대란 말인가? 멜스트롬이란 페로 제도와 로포텐 제도 사이에 갇힌 물이 만조 때 일으키는 격렬한 물결이었다. 그 물결이 일으키는 소용돌이에서 빠져나온 배는 이제까지 하나도 없었다. 그 강력한 흡입력은 15킬로미터의 거리에까지 미치며, 배들뿐 아니라 고래와 북극곰까지도 저항할 수 없을 만큼 강력한 것이었다. 그 소용돌이는 '바다의 배꼽'이라는 별명답게 깔때기 모양이다.

네모 선장은 의도했건 아니건 노틸러스호를 그곳으로 끌어들였다. 우리는 겁에 질려 부들부들 떨었다. 이제 노틸러스호는 그 강력한 소용돌이와 싸우고 있었다. 배의 강철들이 삐걱거렸고 배가 세로로 곤두섰다.

"버텨야 합니다!"

네드가 소리쳤다. 순간 삐걱거리는 소리가 났고, 우리 보트의 나사가 풀리더니 그대로 소용돌이 속으로 빠져들었다. 내 머리가 철골에 부딪쳤고 나는 정신을 잃었다.

제20장

　다시 정신이 들었을 때 나는 로포텐 제도에 있는 한 어부의 오두막에 누워 있었다. 우리가 어떻게 그 무서운 소용돌이에서 빠져나올 수 있었는지 나는 모른다. 네드와 콩세유도 내 곁에서 내 손을 움켜쥐고 있었다. 우리는 뜨겁게 포옹했다.

　사람들은 내 이야기를 믿을까? 알 수 없다. 어쨌든 그건 아무 상관없다. 내가 지금 분명히 말할 수 있는 것은 이 바다에 대해서, 그 아래에서 열 달이 채 안 되는 기간 동안 2만 해리나 여행하면서 겪은 일들에 대해 이야기할 권리를 내가 가지고 있다는 사실이다.

　노틸러스호는 어떻게 되었을까? 멜스트롬의 공격을 이겨냈을까? 네모 선장은 아직 살아 있을까?

나는 그러길 바란다. 나는 그의 놀라운 배가 그 무서운 바다의 위협을 이겨내고, 다른 배들이 단 한 척도 살아나오지 못한 그곳에서 살아남았기를 바란다. 만일 그렇게 되었다면, 네모 선장이 스스로 조국으로 택한 바다에서 아직 살아 있다면 그의 가슴속 증오가 가라앉았기를 바란다! 심판자 모습은 지워지고 학자의 모습은 계속되기를! 그의 운명은 야릇하면서 동시에 숭고하기도 하다. 내가 왜 그것을 이해하지 못하겠는가! 그 초자연적인 존재와 열 달 가까이 지내지 않았는가! 또한 6,000년 전에 성서가 제기한 질문, "그 누가 깊고 깊은 저 곳을 재 볼 수 있겠는가?"라는 질문에 모든 인류 중에 단 두 명만이 그렇다고 대답을 할 수 있으리라. 오직 네모 선장과 나, 두 사람만이.

『해저 2만 리』를 찾아서

여러분들에게 한 가지 묻겠다. 비행기를 누가 발명했을까?

아마 대부분의 사람들이 1903년 최초로 지속적인 비행에 성공했던 미국인 라이트 형제의 이름을 댈 것이고 그들보다 10여 년 앞서 비행에 성공했던 프랑스인 아델의 이름을 대는 사람도 있을 것이다. 특히 프랑스 사람들은 아델이 만들었던 비행기 이름 '아비옹(Avion)'을, 비행기라는 일반 명사로 사용하면서 아델을 '비행기의 아버지'로 떠받들고 있다.

그러니 여러분이 라이트 형제라고 대답했건, 아델이라고 대답했건 모두 틀린 대답을 한 것이 아니다. 게다가 나는 과연 아델이 정답인지, 라이트 형제가 정답인지 가려내리기 위해 그 질문을 던진 것이 아니다. 나는 여러분들에게 좀 다른 식의 대답을 해주기 위해 그 질문을 한 것이다.

내 답은 좀 엉뚱하다. 여러분 모두가 비행기를 발명한 것이다. 다만 조건이 있다. 여러분들에게 하늘을 날고 싶은 강렬한 꿈이 있다는 전제하에서이다. 비행기는 특정인이 하루아침에 발명한 것이 아니라, 인간이라면 누구나 갖고 있는 '하늘을 날고 싶다는 꿈', 그 영원한 꿈이 발명한 것이다.

쥘 베른(Jules Verne, 1828~1905)의 『해저 2만 리(Vingt Mille Lieues Sous Les Mers)』에 나오는 잠수함 노틸러스호도 마찬가지이다. 오늘날 잠수함의 대명사가 된 노틸러스호를 쥘 베른이 세상에 소개한 것은 1870년이다. 그가 살았던 시기에는 아직 노틸러스호와 같은 잠수함이 없었다. 잠수함이 있었더라도 그냥 물에 잠시 잠기는 기구 정도가 있었을 뿐이었다. 노틸러스호는 그러니까 순전히 작가 쥘 베른의 상상력의 소산이다. 그는 과학자도 아니었고, 기술자도 아니었으면서 오로지 상상력으로 노틸러스호를 발명했다. 즉 쥘 베른은 오로지 상상력으로 20세기에 이루어질 과학적 발명과 발견, 발전에 실질적으로 참여한 셈이고, 그것을 이끈 셈이다. 그 상상력을 낳게 한 것은 바로 강력한 호기심이다.

'저 바다 밑에는 무엇이 있을까? 저 바다 밑에 어떻게 가볼 수 없을까? 저 바다 밑을 마음 놓고 다닐 수 있는 배는 만들 수 없는 걸까?'라는 호기심이 바로 그것이다. 그 호기심이 노틸러스호를 만들고 당시에는 불가능하다고 여겨졌던 것들을 소설 속에서 신나게 실현한다. 그 호기심에서 발동된 상상력이 현실적 장애들을 모두 뛰어넘는다. 좀 어려운 단어를 쓰면 초현실적 세계를 창조한다.

노틸러스호는 그 당시 사람들에게는 '비현실적'이고 '초현실적'이었다. 하지만 그것이 세월이 지나자 '현실'이 된다. 현실을 넘나드는 '초현실적 꿈'은, 그런 의미에서 미래 예언적이고, 미래 창조적이다. 그러니 쥘 베른이 창조한 노틸러스호를 두고, 비현실적이니, 비과학적이니 따지면서 떠드는 것은 아무런 의미가 없다. 그 배에는 현실이 담겨 있는 것이 아니라 꿈이 담겨 있으며, 그 배는 과학의 소산이 아니라 상상력의 소산이기 때문이다.

쥘 베른, 정말 대단한 호기심과 상상력을 지녔던 사람이다. 『해저 2만 리』외에 그가 쓴 작품들의 제목만 보아도 우리는 그 사실을 확인할 수 있다. 『80일간의 세계 일주』『15소년 표류기』는 차지하고라도 지구 내부로의 여행을 그린 『지구 속 여행』, 달나라까지의 여행을 그린 『지구에서 달까지』, 달에 착륙해서 겪은 모험을 그린『달나라 탐험』등의 제목을 보라. 모두 당시에는 불가능하다고 여겨졌던 것들이지만 지금은 모두 실현된 것이 아닌가? 세상에 아폴로 11호가 달 착륙에 성공하기 1세기 전에 이미 달에 가보다니! 그런 의미에서 그는 SF소설의 선구자이기도 하다. 그는 그 작품들을 통해 잠수함, 바다 수족관, 입체 영상, 해상 도시, 텔레비전, 우주여행, 투명 인간 같은 개념들을 사상 최초로 제안했거나, 또는 기존의 개념을 더욱 혁신시켰다.

나는 여러분이 쥘 베른의『해저 2만 리』를 읽으면서 잔뜩 흥분했기를 바란다. 그의 호기심에 동참했기를 바란다. 지금의 관점에서 적잖이 시대에 뒤떨어진 것으로 보이는 노틸러스호에 냉소적이거나 비판적인 태도를 보이지 않았기를 바란다. 이 소설은 노틸러스호가 지닌 성능 때문에 우리를 놀라게 하지는 않는다. 이 소설은 노틸러스호에 담겨 있는 네모 선장과 쥘 베른의 꿈 때문에 우리를 설레게 한다. 그리고 그 꿈은 쥘 베른과 같은 천재만 가지고 있는 게 아니라 우리 모두 누구나 가지고 있다. 비행기가 그러하듯 노틸러스호는 우리 모두의 꿈의 소산이다.

쥘 베른은 1828년 2월 8일에 프랑스 북서부의 항구 도시 낭트 근처 섬에서 태어났다. 낭트는 이국정서가 풍부한 항구 도시였다. 그는 어릴 때부터 미지의 곳을 향한 여행의 꿈을 꾸며 자랐지만 현실은 그의 꿈과 달랐다. 그는 아버지의 뜻에 따라 파리에서 법률 공부를 한다.

당시 파리에는 그의 숙부가 살고 있었으며, 그는 숙부의 소개로 문학 살롱에 드나들게 된다. 그의 숙부는 프랑스 낭만주의자의 선구자 중 한 사람인 샤토브리앙의 누이와 결혼한 사이였다. 그가 살롱에 드나들면서 가장 가깝게 지낸 문인 중의 한 명이 바로 『몬테크리스토 백작』의 저자인 알렉상드르 뒤마였다. 쥘 베른은 뒤마와 가까이 지내면서 정식으로 글을 쓰리라는 결심을 하게 되었으니 뒤마는 그에게 멘토 역할을 했던 셈이다.

그는 생계를 위해 증권거래소 일을 하면서 문학 활동을 계속했고 초기에는 주로 희곡을 발표했다. 그리고 1862년에는 기구를 타고 아프리카를 여행하는 소설을 쓰고 출판사를 찾아다닌다. 그때 그는 에첼이라는 유명한 출판업자를 만나게 되었으니, 쥘 베른의 생애에 가장 중요한 만남이라고 할 수 있다. 에첼은 발자크, 위고, 상드 등 거장들의 작품을 주로 펴냈던 출판업자이자 작가이며 사상가, 정치가였다. 그는 다듬어지지 않은 쥘 베른의 원고를 읽어보고 당장에 그의 천재성을 알아본다. 소설가 쥘 베른이 탄생하는 순간이었다.

이후 그는 '신비의 여행 총서'라는 이름으로 50여 권이 넘는 소설을 잇달아 발표한다. 그 총서에는 여행, 역사, 과학, 탐험, 첩보 등 다양한 하위 장르가 포함되어 있었으며 그중 과학과 여행을 주제로 한 작품들이 가장 큰 성공을 거둔다.

이후 쥘 베른은 레지옹도뇌르 훈장, 아카데미 프랑세즈 문학상 등의 영예도 얻으며 1888년에는 시의원에 당선되기도 했다. 그런 가운데도 그는 작품 창작에 대한 열정을 잃지 않았고 백내장으로 인해 시력이 약해졌을 때도 해마다 꾸준히 작품을 발표했다. 그리고 1905년 전부터 앓고 있던 당뇨병이 악화되어 그는 가족들에게 둘러싸인 채 아미앵의 저택에서 숨을 거둔다. 장례식은 인파로 붐볐으며 전 세계로부터 조사가 밀려들었다고 전해진다.

쥘 베른은 전 세계에서 가장 사랑받는 작가들 중 다섯 손가락 안에 꼽히는 작가이다. 그의 작품들은 동시대 독자들의 눈길만 사로잡은 것이 아니라, 그가 죽은 후에도 오랫동안 연극, 영화, 애니메이

션 등으로 각색되어 꾸준한 사랑을 받았다. 가령 최초의 SF영화라고 일컫는 조르주 멜리에스의 〈달 세계 여행〉(1902)과 특수 효과의 신기원을 이룩한 디즈니 스튜디오의 〈해저 2만 리〉(1954), 감미로운 영화 음악으로 더욱 유명한 〈80일간의 세계 일주〉(1956), 일본 애니메이션 〈신비한 바다의 나디아〉(1990~91) 등은 모두 쥘 베른의 소설을 각색한 것이다.

우리나라에서도 쥘 베른의 작품은 비교적 일찍부터 수용되었다. 『해저 2만 리』가 『해저여행기담(海底旅行奇譚)』(1907~1908)으로, 『인도 왕비의 유산』(1879)이 신소설 작가 이해조의 번안 소설 『철세계(鐵世界)』(1908)로, 『15소년 표류기』(1888)가 『십오소호걸(十五小豪傑)』(1912)이라는 제목으로 번역되거나 번안되었다. 쥘 베른의 작품들이 그의 생전에도 전 세계에서 얼마나 인기를 누렸는지를 보여주는 좋은 예이다.

마지막으로 이 작품의 제목에 대해서 한마디만 하자. 『해저 2만 리』라는 제목은 마치 바다 밑으로 2만 리를 내려간다는 뜻으로 오해를 받을 수도 있다. 정확한 뜻은 '바다 밑에서 2만 리'이다. 바다 밑에서 2만 리를 항해했다는 뜻이다. 또한 '2만 리'의 '리'는 우리가 사용하는 거리 단위가 아니다. 우리는 4킬로미터를 10리라고 부른다. 하지만 『해저 2만 리』의 '리'는 항해

거리의 단위인 해리를 일컬으며 1리는 약 4킬로미터를 가리킨다.『해저 2만 리』는 바다 밑에서 8만 킬로미터를 달린 기록이라는 뜻이다.

해저 2만 리
생각하는 힘: 진형준 교수의 세계문학컬렉션 58

펴낸날	초판 1쇄 2021년 4월 30일

지은이	쥘 베른
옮긴이	진형준
펴낸이	심만수
펴낸곳	(주)살림출판사
출판등록	1989년 11월 1일 제9-210호

주소	경기도 파주시 광인사길 30
전화	031-955-1350 팩스 031-624-1356
홈페이지	http://www.sallimbooks.com
이메일	book@sallimbooks.com

ISBN	978-89-522-4292-1 04800
	978-89-522-3984-6 04800 (세트)

※ 값은 뒤표지에 있습니다.
※ 잘못 만들어진 책은 구입하신 서점에서 바꾸어 드립니다.